Annette Maas · Miro Poferl

MEIN WEIT GEREISTER ERDBEER-JOGHURT

Wie unsere Ernährung die Umwelt beeinflusst

WARUM KÖNNEN IN EINEM ERDBEER-JOGHURT ÜBER 9000 GEFAHRENE KILOMETER STECKEN?

WARUM SIND PUPSENDE, RÜLPSENDE KÜHE EINE KATASTROPHE FÜR DAS KLIMA?

Diese und andere interessante Fragen rund um die Ernährung stellen wir in unserem Buch.

Essen macht Freude, doch wo kommt all das her, was wir zu uns nehmen? Wie werden die Lebensmittel produziert, was steckt in ihnen und wofür braucht der Körper das?
Diese Fragen sind gar nicht leicht zu beantworten, aber spannend, denn ohne Nahrungsaufnahme können wir nicht überleben. Was und wie viel wir von etwas essen, ist ein ganz grundlegender Baustein, um gesund zu bleiben. Heute leben wir so, dass uns immer das gesamte Angebot zur Verfügung steht: Obst, Gemüse, Getreide, Milchprodukte, Fleisch, Fisch, Geflügel und alle möglichen Weiterverarbeitungsformen. Hergestellt werden die Nahrungsmittel in landwirtschaftlichen Betrieben, die zum Teil konventionell, zum Teil ökologisch geführt sind. Die Art und Weise, wie die Nahrungsmittel produziert und weiterverarbeitet werden, hat große Auswirkungen auf unsere Umwelt und auf unser Klima. Mit dem, was wir essen, beeinflussen wir also nicht nur, wie es unserem Körper geht, sondern auch, wie es unserem Planeten Erde geht. Denn über 12 % des CO_2-Ausstoßes eines privaten Haushalts gehen auf das Essen zurück. Also aufgepasst beim Einkauf!

Wie alles mit allem zusammenhängt, dazu gibt es viele spannende Geschichten, auf jeder Doppelseite von einem anderen Blickwinkel aus betrachtet.

Viel Spaß und guten Appetit wünschen dir

Annette Maas & Miro Poferl

Mehr über Getreide
auf Seite 08

Italienische
Tomaten aus China
auf Seite 16

INHALT

Reisanbau
auf Seite 32

Ein Lokalheld
auf Seite 40

Zuckerverstecke
auf Seite 44

Ganz viel Käse
auf Seite 46

Und was unsere Erde
dazu sagt, auf Seite 12

TÄGLICH GRÜSST DAS GRUNDNAHRUNGSMITTEL ...

Für die Versorgung der Bevölkerung sind Grundnahrungsmittel unentbehrlich. Sie stellen sicher, dass die Menschen genügend Kohlenhydrate, Eiweiß und Fette bekommen. Sie sind Hauptnahrungsmittel und je nach Region und Land unterschiedlich.

DAS SIND UNSERE GRUNDNAHRUNGSMITTEL

TOP 5 GRUNDNAHRUNGSMITTEL WELTWEIT

Reis
Weizen
Mais
Kartoffeln
Hirse

LEBENSMITTELHERSTELLUNG

Lebensmittelproduktion ist ein Industriezweig, genauso wie die Spielzeugproduktion oder die Autoherstellung. Es gibt riesige Agrarbetriebe. In Deutschland kann so ein Hof über 1300 Hektar Fläche bewirtschaften oder es stehen über 1000 Kühe im Stall. Das hört sich schon nach viel an, im Vergleich zu anderen Ländern sind es aber Kleinbetriebe: In Nordchina wird gerade ein Milchviehbetrieb für 100 000 Kühe gebaut, in Südamerika gibt es einen Betrieb, der auf 1 Million Hektar Sojabohnen, Baumwolle und Mais anbaut.

KEINE BROTZEIT OHNE WEIZEN

Knapp 27,5 Millionen Tonnen Brotgetreide werden im Jahr in Deutschland geerntet. 24 Millionen Tonnen davon sind Weizen, 3,5 Millionen Tonnen Roggen. Deutschland ist ein Getreideland. Mühlen können sich mit einheimischen Rohstoffen eindecken. Weniger als fünf Prozent Getreide werden aus dem Ausland zugekauft.

LIEBLINGSKNOLLE

Im Schnitt isst ein Mensch 60 kg Kartoffeln pro Jahr, als Salz- oder Pellkartoffeln, als Pommes, als Kartoffelpuffer oder Brei. Weltweit kennt man über 5000 verschiedene Sorten, angebaut werden allerdings viel weniger. 200 Sorten sind im Moment in Europa zugelassen. Da der Kartoffelanbau heute mit vielen Maschinen auf großen Flächen bewerkstelligt wird, müssen die Knollen robust sein.

DIE NUMMER EINS

65 % eines erwachsenen menschlichen Körpers bestehen daraus, und jede einzelne Zelle im Körper braucht es, um ihre Arbeit zu erledigen: Wasser. Maximal kann ein Mensch eine Woche ohne Wasser überleben, wahrscheinlicher sind allerdings nur drei bis vier Tage. Übrigens, ohne feste Nahrung kann man wesentlich länger überleben.

WIE WICHTIG WASSER FÜR UNS IST

Das Hirn braucht Wasser, um Botenstoffe herzustellen. 1

Wasser hält die Schleimhäute feucht. 2

Als Schweiß hilft das Wasser die Körpertemperatur zu regulieren. 3

Wasser macht 95 % des Blutplasmas aus, das ist der flüssige Teil des Bluts. 4

Urin, über den die Schadstoffe ausgeschieden werden, besteht zu 95 % aus Wasser. 5

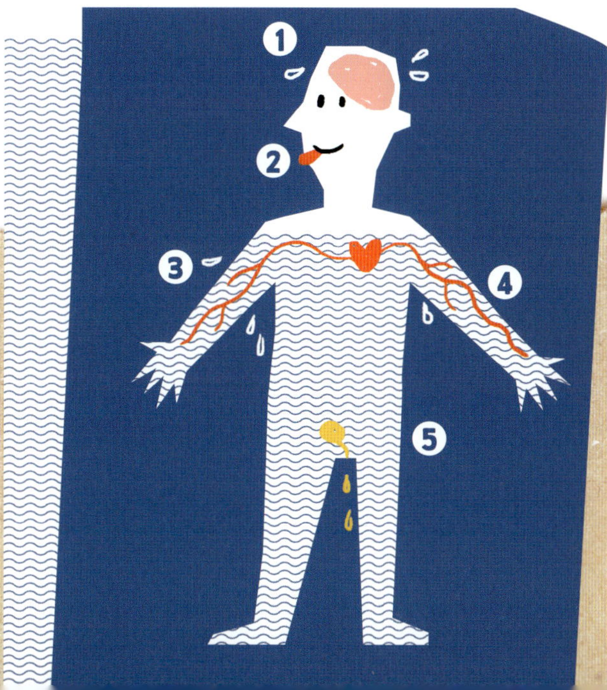

ÖKO-BAUER ODER MANAGER?

So unterschiedlich wie die Menschen, die sie betreiben, sind auch die landwirtschaftlichen Betriebe, die Nahrungsmittel erzeugen. Einige sind riesig, andere klein oder hoch oben auf einem Berg. Es gibt ökologische und konventionelle Betriebe, Spezialisten und Alleskönner.

85 FUSSBALLFELDER

Die Fläche, die Jahr für Jahr beackert wird, bleibt gleich: Es sind 16,7 Millionen Hektar, also ungefähr die Hälfte Deutschlands. Seit 2010 haben ca. 30 000 landwirtschaftliche Familienunternehmen ihren Betrieb eingestellt. Bei gleichbleibender bewirtschafteter Fläche bedeutet das, die einzelnen Betriebe werden größer: Im Durchschnitt hat ein Hof 61 Hektar zu bewirtschaften, das sind 85 Fußballfelder.

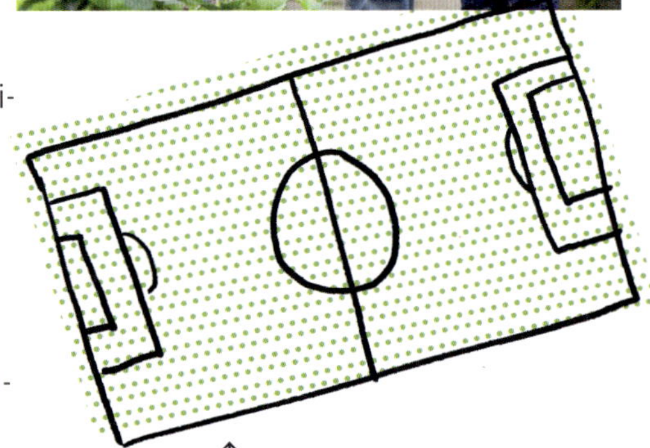

Ein Fußbaldfeld misst 68 Meter mal 105 Meter = 0,714 ha.

KEIN BAUERNHOF IST WIE DER ANDERE

WAS WIRD PRODUZIERT?	OFFIZIELLER NAME	WISSENSWERTES
Getreide, Gemüse, Gewürz-, Arznei- & Teekräuter	Marktfruchtbetrieb	Getreide, Gemüse und Kräuter werden nicht für den Eigenbedarf angebaut, sondern um sie auf einem Markt zu verkaufen.
Mais, Hafer, Klee, Futterrüben	Futterbaubetrieb	Futter für Tiere, das können auch die eigenen sein, allerdings müssen mehr als 50 % des Einkommens aus dem Futterbau stammen.
Schweinehaltung, Rinderhaltung, Geflügelhaltung	Veredelungsbetrieb	Warum »Veredelung«? So wird die Umwandlung von pflanzlichen in tierische Produkte, z. B. Milch, Eier oder Fleisch, genannt.
Obst, Spargel, Wein, Hopfen	Dauerkulturbetrieb	Eine Dauerkultur wird nicht neu angepflanzt, erwirtschaftet aber trotzdem jedes Jahr einen Ertrag.
von allem ein bisschen	Gemischtbetrieb	Kein Bereich erwirtschaftet mehr als 50 % des Einkommens.

Die Arbeit der Bergbauern ist sehr wichtig: Ohne sie gäbe es die Alpen als Kulturlandschaft nicht.

AUF DEM BERG

Bergbauer ist ein geschützter Begriff. Wer einen Hof auf über 800 Metern Höhe das ganze Jahr bewirtschaftet, der ist einer. Schwierig ist es, so weit oben und in steilen Hanglagen Wiesen zu mähen und Heu für seine Tiere aufzubereiten. Da muss ganz viel Arbeit von Hand erledigt werden. Viele Bergbauern vermarkten deshalb ihre Lebensmittel selbst. So können sie höhere Preise erzielen.

KLEIN UND GROSS

Hört man »Bauernhof«, dann denkt man an ein Haus, einen Hund, Ställe mit Kühen oder Schweinen und ein paar Felder: Das ist ein bäuerlicher Familienbetrieb. Diese Betriebe werden immer weniger. Die Mehrzahl bilden die großen Agrarbetriebe. Sie werden wie eine Firma geführt. Ihre Produkte verkaufen sie über Börsen, manchmal schon Monate bevor sie geerntet wurden. Die großen Betriebe ermöglichen es, dass Lebensmittel zu günstigen Preisen produziert und weiterverkauft werden können. Das nennt man industrielle Landwirtschaft.

BIOLOGISCHE LANDWIRTSCHAFT	VERGLEICH	KONVENTIONELLE LANDWIRTSCHAFT
Gründüngung: grüne Pflanzenteile werden in den Boden eingearbeitet	Düngung	Mineraldünger
Anbau wenig anfälliger Sorten Einsatz von Nützlingen	Pflanzenschutz	Einsatz von chemischen Mitteln
Viel Auslauf und oft Weidehaltung	Tiere	Stallhaltung
Biofutter	Fütterung	Genverändertes Futter erlaubt

ALLES AUF ÖKO

Führt ein Landwirt seinen Hof ökologisch, dann versucht er im Einklang mit der Natur und umweltverträglich zu arbeiten. Das ist aufwendig, weil bei Schädlingsbefall auf einem Feld z. B. kein Gift eingesetzt werden darf und Tiere mehr Platz und Auslauf bekommen. Die Lebensmittel aus diesem Anbau sind hochwertig, kosten aber auch etwas mehr als konventionell hergestellte Waren.

KONVENTIONELLE LANDWIRTSCHAFT

Bei dieser Art der Landwirtschaft ist es wichtig, hohe Erträge zu erzielen. Das kann zu Belastungen der Umwelt führen. Auch werden Tiere manchmal nicht artgerecht gehalten. Andererseits schafft die konventionelle Landwirtschaft die Grundlage dafür, dass viele Menschen zu leistbaren Preisen Nahrungsmittel kaufen können.

PASST DEIN FUSS AUF DIESE ERDE?

DER ÖKOLOGISCHE FUSSABDRUCK

Wenn das Pausenbrot nicht schmeckt, wegschmeißen oder besser tauschen? Mal schnell einen Burger essen und dazu eine Mangoschorle trinken? Jede dieser Entscheidungen wirkt sich auf deinen ökologischen Fußabdruck aus, und der sollte möglichst klein bleiben, damit die Vorräte unserer Erde noch möglichst lange halten.

Wer hatte die Idee?

Mathis Wackernagel, ein Schweizer, und William Rees, ein Kanadier, hatten die Idee zum ökologischen Fußabdruck. Er funktioniert wie ein Konto mit einer Soll- und einer Habenseite.

DIE ERDE – EIN KONTO

Wir können nur leben, wenn uns die Erde ihre Vorräte zur Verfügung stellt.

\+

VORRAT

Die Vorräte, das sind Flächen:
Weiden, um darauf Vieh zu halten, Felder, um darauf Getreide zu gewinnen, Flächen für Häuser, Straßen, Start- und Landebahnen, Seen als Trinkwasserreserven usw.

–

VERBRAUCH

Auf der anderen Seite stehen wir Menschen, die diese Flächen nutzen.
Jede unserer Handlungen verbraucht Fläche, von der Abfallentsorgung bis hin zur Zucht von Rindern.

WAS VERTRÄGT UNSERE ERDE NOCH?

Wenn man die Oberfläche der Erde auf alle Menschen gerecht verteilen würde, dann stünden jedem Menschen 1,8 gha (gha = globaler Hektar) zur Verfügung, knapp drei Fußballfelder. Um die Erde mit ihrem Artenreichtum aufrechtzuerhalten, dürften wir jedoch nur 1,4 gha verbrauchen. Im weltweiten Schnitt verbrauchen die Menschen gerade 2,2 gha. In der EU liegt der Mittelwert bei 4,7 gha pro Bürger.
Die Schlussfolgerung daraus: Im Moment bräuchten wir 1,7 Erden, um den Verbrauch an Fläche zu decken, den wir jedes Jahr haben. Die Überfischung der Meere (s. S. 26/27) ist ein warnendes Beispiel dafür.

1,7

ERDÜBERLASTUNGSTAG

Jedes Jahr wird der Earth-Overshoot-Day (Erdüberlastungstag), also der Tag, an dem der Mehrverbrauch (Overshoot) beginnt, errechnet. Alles, was bis zu diesem Datum verbraucht ist, könnte die Erde innerhalb eines Jahres erneuern und wiederherstellen. 2019 war dieser Tag der 29. Juli und er wandert im Kalender immer weiter nach vorne.

35 % Ernährung | 25 % Wohnen | 22 % Mobilität | 18 % Konsum

WIE SETZT SICH DER FUSSABDRUCK IN DEUTSCHLAND ZUSAMMEN?

Den größten Einfluss auf den Fußabdruck haben unsere Ernährungsgewohnheiten.

VERSCHULDET!

AKTUELLER KONTOSTAND

Jahrtausende haben Menschen und ihre Vorfahren nur einen Bruchteil der Flächen genutzt, die die Erde zur Verfügung stellt. Geändert hat sich das erst in den 1980er-Jahren. Seit diesem Zeitpunkt macht die Weltbevölkerung sozusagen Schulden bei der Natur, verbraucht mehr, als unser Planet wiederherstellen kann.

Lebensmittel sind viel zu schade für den Müll.

AUF KLEINEM FUSS ESSEN

Ein paar einfache Tricks und Kniffe helfen, den Fußabdruck zu verkleinern:

Lebensmittel einkaufen, die nur wenig Umverpackung haben.

Weniger Fleisch, Wurst und tierische Produkte essen.

Auf Lebensmittel, die mit dem Flugzeug angeliefert werden, weitgehend verzichten.

Für Gemüse und Obst gilt: Einkaufen, was gerade wächst und aus der Nähe stammt.

So wenig Nahrung wie möglich wegwerfen.

Und ganz wichtig: Für kleine Einkäufe und kurze Strecken zu Fuß gehen oder das Fahrrad nehmen.

Hast du schon
einmal etwas
Essbares angepflanzt?

Gehst du mit Nahrungsmitteln anders um, wenn du sie selbst anbaust?
Kannst du dir vorstellen, dich komplett selbst zu versorgen?

DIE REISEN DER LEBENSMITTEL

Jedes Lebensmittel legt einen Weg zurück, bis es auf unserem Teller liegt. Manches kommt vom anderen Ende der Welt, wie z. B. aus Südamerika, anderes reist nur kurz, z. B. vom Bauern am Ort bis auf deinen Tisch. Wenn Nahrungsmittel weiterverarbeitet werden, dann kann es auch sein, dass sie eine Rundfahrt antreten.

RUNDREISE DER KLEINEN GARNELE

Die kleinste Speisegarnele der Welt, die Nordseekrabbe, muss gepult werden, bevor sie verspeist werden kann. Maschinen gibt es für diese Arbeit nicht. Deshalb werden die Garnelen in großen Lastern nach Marokko gefahren. Dort ist Handarbeit sehr günstig. Danach werden sie zurückgebracht. Über 6000 Kilometer hat die winzige Delikatesse hinter sich, bis sie erneut im Kühlregal an der Nordsee liegt.

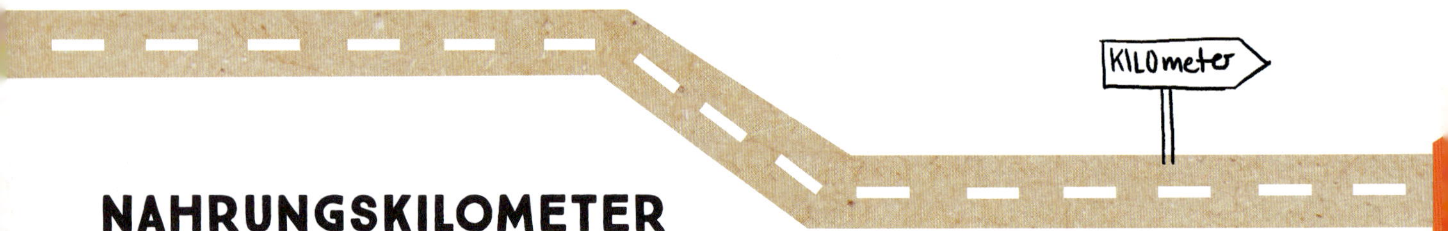

NAHRUNGSKILOMETER

Nahrungskilometer ist ein Begriff, der die Entfernung beschreibt, die ein Lebensmittel zurücklegt, um von seinem Hersteller zu demjenigen zu kommen, der es essen möchte. Die Nahrungskilometer sind nur ein Baustein im ökologischen Fußabdruck (s. S. 12/13), den ein Lebensmittel hinterlässt. Andere Bausteine sind die Energie, die verbraucht wird für Lagerung, Reinigung oder das Herstellen der Verpackung.

»WEISSES GOLD«

Spargel ist in Deutschland sehr beliebt. Obwohl Spargel die größte Anbaufläche unter allen Kulturpflanzen in Deutschland hat, reicht das heimische Angebot nicht. Deshalb haben sich griechische Bauern auf den Anbau von weißem Spargel spezialisiert. Über 2000 Kilometer legt das »weiße Gold« in Kühlcontainern zurück, bis es im Supermarkt oder beim Gemüsehändler landet.

KEINE ECHTEN ITALIENER

Italien, das Land, in dem die Tomatensauce erfunden wurde. Und tatsächlich werden viele der Tomaten, die in Italien geerntet werden, auch dort eingekocht. Nur sind das viel zu wenige, um die weltweite Nachfrage zu decken. Deshalb kommen Tomaten aus China auf Frachtschiffen nach Italien, damit sie dann als italienische Dosentomaten in die Welt reisen.

FORSCHUNGSPROJEKT ERDBEERJOGHURT

1992 hat die Wissenschaftlerin Dr. Stefanie Böge ausgerechnet, wie viele Kilometer in einem Erdbeerjoghurt stecken, bis er im Kühlregal steht. Bezieht man den Transport aller Zutaten und der Verpackungsmaterialien mit ein, dann sind es unglaubliche 9000 Kilometer. Je weiter ein Lebensmittel verarbeitet ist, desto mehr Kilometer stecken in ihm.

WERBUNG IM LEBENSMITTEL-DSCHUNGEL

Über 100 000 Lebensmittel stehen uns zur Verfügung, in großen Supermärkten finden wir ungefähr 30 000 davon. Auf Seiten der Anbieter ist die Konkurrenz riesig. Sie müssen sich also gute Werbekonzepte überlegen, um die Aufmerksamkeit ihrer Kunden zu bekommen.

SÜSSKRAM

Eigentlich logisch: Für das, was man am wenigsten braucht, um sich gesund und ausgewogen zu ernähren, wird das größte Werbebudget ausgegeben. Das sind Süßigkeiten. Sie machen den größten Anteil mit über 20 % vom gesamten deutschen Lebensmittel-Werbebudget aus. Meist setzen die Hersteller darauf, ihr ungesundes Produkt als besonders gesund anzupreisen. Ein zuckriges Bonbon wird so zu einem Vitaminlieferanten, der Snack aus dem Kühlregal deckt den Tagesbedarf an Milch.

»LECKERE« VERPACKUNG

Für den Verbraucher ist die Qualität von verpackten Lebensmitteln kaum zu prüfen, sie können nur die Qualität der Verpackung beurteilen. Das machen sich die Werber zunutze: Sie erregen die Aufmerksamkeit ihrer Kunden, um Vertrauen in die Qualität eines Produkts zu schaffen. Dafür greifen sie in verschiedene Trickkisten, die wenig mit dem eigentlichen Produkt zu tun haben:

Sie versprechen Spaß, Reisen in eine Traumwelt, viele coole Freunde, Beliebtheit.

So wollen sie erreichen, dass man sich an ihr Produkt erinnert und es aus der unüberschaubaren Menge herausfischt.

WAS WILL EIGENTLICH ICH?

Hast du dir schon einmal Gedanken darüber gemacht, was du von einem Lebensmittel erwartest? Klar, es soll satt machen. Schmecken muss es natürlich und gesund soll es sein. Wichtig ist aber auch, dass man weiß, woher das Produkt stammt und was es enthält. Gerade die Liste der Inhaltsstoffe ist nicht einfach zu entschlüsseln und arbeitet mit vielen Abkürzungen. Da weiß man eigentlich gar nicht, was man wirklich isst.

NAHRUNG IM ÜBERFLUSS

Jeden Tag steht uns alles zur Verfügung, auch Lebensmittel, die gerade gar keine Saison haben. Ein deutscher Philosoph hat den Satz geprägt: »Der Mensch ist, was er isst.« Das gilt heute ganz besonders, denn das Überangebot hat bei vielen Menschen zu freiwilliger Selbstbeschränkung geführt. Man möchte sich über seine Ernährung abgrenzen von anderen Gruppen. Daraus entwickeln sich Trends. Vegetarisch oder vegan zu essen, sind solche Trends, oder Clean Eating.

SAUBER ESSEN

Clean Eating heißt ein Trend, also sauber essen. Was ist damit gemeint? Damit wird eine Ernährungsform beschrieben, bei der möglichst frische unverarbeitete Produkte eingekauft werden. So kann man nicht in die Werbefalle tappen und weiß genau, was auf dem Teller liegt.

Ein Beispiel: Im Kühlregal steht Erdbeerjoghurt von verschiedenen Anbietern, von einigen sieht man die Werbespots und Anzeigen regelmäßig. Die Wahl zwischen den Produkten fällt schwer. Nimmt man den schönsten Becher oder den mit dem lustigsten Werbespot? Welches von den Produkten wohl am besten schmeckt? Das kann man nicht herausfinden.

Als »sauberer Esser« kauft man frische Erdbeeren, deren Qualität erkennt man leicht, und einen Naturjoghurt.

Zu Hause wird daraus ein Erdbeerjoghurt, dem die Naschkatzen ganz nach ihrem Geschmack noch ein Süßungsmittel zufügen können.

Ist die Erdbeersaison vorbei, gibt es auch keinen Erdbeerjoghurt mehr, dann kommen Aprikosen, Kirschen, Trauben … hinein.

KLIMA AUF DEM TELLER

Das, was auf unseren Tellern liegt, beeinflusst den Klimawandel. Über 660 kg verschiedenste Nahrung vertilgt ein Bundesbürger im Schnitt pro Jahr, das entspricht ca. 16 Kälbchen. Unsere Ernährungsgewohnheiten hängen eng damit zusammen, wie viel CO_2 in die Atmosphäre gelangt.

SCHLIMMER GEHT'S NIMMER

Um ein Kilogramm Butter zu produzieren, werden bis zu 24 Kilogramm CO_2 und ähnliche Gase an die Luft abgegeben. Warum so viel? Für 1 kg Butter braucht es ordentlich Milch, ca. 18 bis 20 Liter. Das ist etwa die Hälfte dessen, was eine moderne Milchkuh am Tag liefert. Dafür muss sie ca. 50 kg fressen. Schon bei der Futterproduktion entsteht CO_2. Die Kuh selbst stößt jede Menge Methangas aus, bis zu 300 Liter pro Tag. Wie sie das macht? Sie pupst und rülpst! Methangas ist für das Klima noch schädlicher als CO_2.

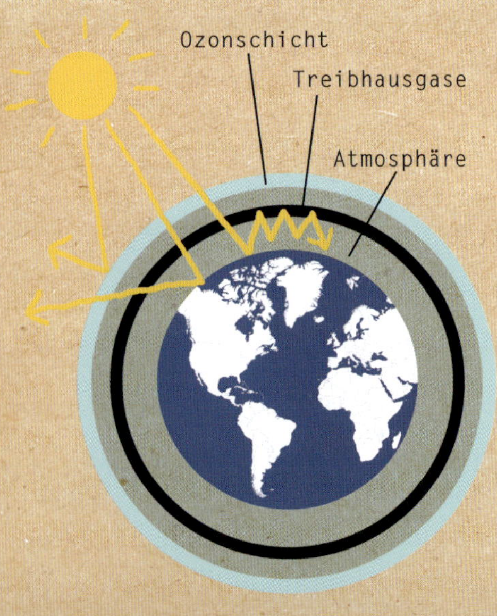

ES WIRD WÄRMER

Die Wirkung von Methan, CH_4, beschreiben Wissenschaftler als ca. 25-mal so stark wie die von Kohlendioxid, CO_2. Viele sehen den Schlüssel, um die Erderwärmung zu stoppen, in einem geringeren Methanausstoß. Beide Gase CO_2 und CH_4 reichern sich in der Atmosphäre um die Erde herum an. Erwärmt sich die Luft durch die Sonnenstrahlen, dann hält die Atmosphäre ein bisschen der Wärme zurück, der Rest kann entweichen. Die beiden Gase in der Atmosphäre wirken wie Glasscheiben, die Wärme kann nicht mehr ins All entweichen und die Temperaturen unter der »Glasglocke« steigen.

HUNGER AUF FLEISCH

Viele Millionen Hektar auf der Erde werden landwirtschaftlich genutzt. Aber beinahe alles, also über 91 %, als Weideland oder zur Futtermittelproduktion, also um tierische Produkte zu erzeugen. Der Hunger auf Fleisch ist weltweit groß. Das Problem: Die Produktion von Fleisch verschlingt Energie und Wasser, viel mehr als die von pflanzlichen Nahrungsmitteln (s. S. 36/37)

CO_2 & ÄHNLICHE GASE

BIOLOGISCH ANGEBAUT	LEBENSMITTEL	KONVENTIONELL ANGEBAUT
130	Gemüse	153
883	Milch	940
1159	Joghurt	1231
7951	Käse	8512
22 089	Butter	23 794
1542	Eier	1931
3039	Geflügel	3508
3039	Schweinefleisch	3252
11 374	Rindfleisch	13 311

in Gramm pro Kilogramm des Lebensmittels

Der kleine Unterschied

Die Tabelle zeigt es: Bioprodukte schneiden besser ab, was den CO_2-Ausstoß anbelangt. Warum? Das hat viel mit der Düngung und den Pflanzenschutzmitteln zu tun, die im konventionellen Anbau auf den Feldern eingesetzt werden. Um sie zu produzieren, braucht es viel Energie.

WENIGER FLEISCH, BESSERES KLIMA

Pro Jahr verursacht ein Mensch durch seine Ernährung ca. 2000 kg Treibhausgase. Fleisch, Fisch, Eier und Milchprodukte, also die tierischen Produkte, machen 69 % davon aus. Das sind 1380 kg. So viel wiegt ein komplett ausgewachsener Bulle!

Das Kreisdiagramm zeigt es: Weniger Fleisch und Wurstwaren bedeuten mehr Klimaschutz.

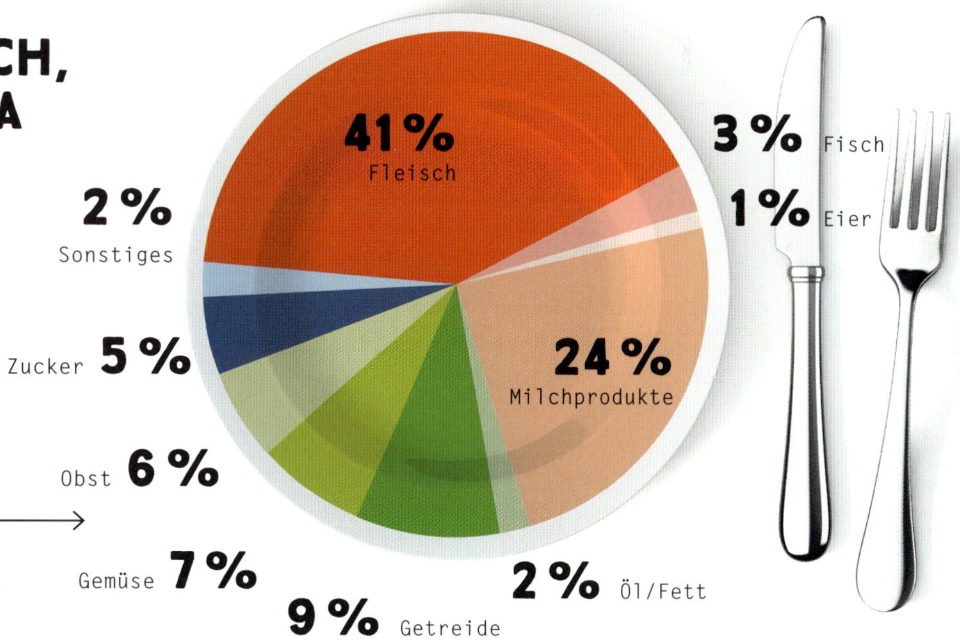

Werden alle Bundesbürger Vegetarier, dann spart das ca. 37 Millionen Tonnen CO_2 ein.

Das ist beinahe 19-mal mehr CO_2, als alle Inlandsflüge im Jahr 2018 ausgestoßen haben.

DIE MASSE MACHT ES NICHT

Der hohe Verbrauch an Fleisch und tierischen Produkten führt dazu, dass 745 Millionen Tiere allein in Deutschland in der Massentierhaltung leben. Zum Vergleich: Deutschland hat rund 83 Millionen Einwohner. Die Tiere stehen auf engstem Raum, können sich kaum bewegen, und damit die Verletzungsgefahr nicht zu groß ist, werden ihnen ohne Betäubungsmittel Hörner, Schnäbel oder Zähne entfernt. Damit die Tiere nicht krank werden, bekommen sie Antibiotika, Arzneimittel, die wir Menschen mit dem Tier essen.

DIE FÜNF FREIHEITEN

Um bewerten zu können, ob ein Tier wirklich ein angenehmes Leben führt, hat man die fünf Freiheiten festgelegt: Ein Tier muss frei sein von:

1. Hunger
2. Durst
3. Schmerzen
4. Verletzungen und Krankheiten
5. Angst und Stress

Trifft das alles zu, dann geht es ihm schon ganz gut.

ICH WOLLT', ICH WÄR EIN BIOHUHN

Wenn es um Geflügel und Eier geht, dann denkt man oft an Lebensmittelskandale: Eier, die mit Insektenbekämpfungsmitteln verseucht waren, auch Salmonellen im Ei und im Fleisch haben große Schlagzeilen geschrieben. Deshalb informieren sich Verbraucher, woher das Tier stammt. In den Regalen wird immer mehr Bioware angeboten. Was hat das Huhn davon?

1 Das Huhn darf schlafen! Im Stall sind mindestens acht Stunden ohne künstliche Beleuchtung vorgeschrieben, sodass die Tiere wirklich ruhen können. Manche Gütesiegel fordern Sitzstangen für die Hühner. Sie fühlen sich auf diesen Stangen wohler, weil sie das Gefühl haben, vor Feinden geschützt zu sein.

2 Das Huhn darf scharren! Hühner scharren ausgesprochen gerne. Mal mit dem linken, dann mit dem rechten Fuß kratzen sie recht kräftig den Boden auf. So entstehen Mulden, in die sie sich gemütlich hineinlegen oder in denen sie ein Sandbad nehmen. Das vertreibt die Milben und pflegt ihr Federkleid.

3 Das Huhn darf ins Grüne hinaus! Keine Selbstverständlichkeit für ein Huhn. Auf dem Freigelände stehen jedem Huhn 4 m² zur Verfügung, ein Huhn in Massentierhaltung hat weniger Platz, als ein DIN-A4-Blatt groß ist.

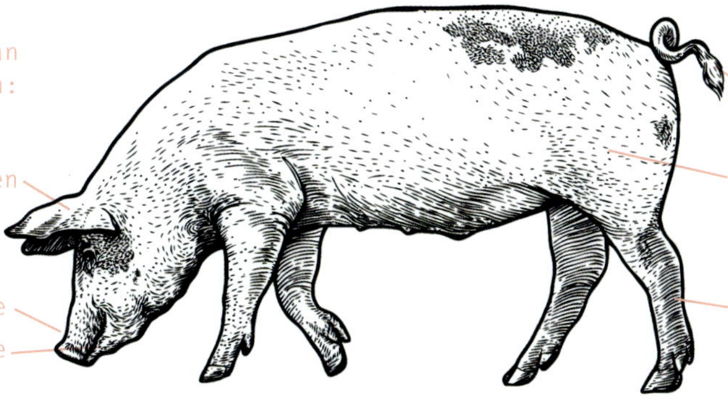

VON DER SCHNAUZE BIS ZUM SCHWANZ

Wer sich entscheidet, Tiere zu essen, der darf dabei nicht nur an die feinen Filets denken. Wenn wir das Tier wirklich wertschätzen, dann müssen wir es komplett verwenden. Das nennt man Ganztierverwertung. Früher, als man noch Hausschlachtungen durchgeführt hat, war es üblich, das komplette Tier zu verarbeiten. Die Stücke, die man nicht so gerne auf dem Teller hatte, wurden zu Wurst verarbeitet oder zu feinen Fleischbrühen verkocht. Heute ist die Ganztierverwertung ein Qualitätsmerkmal, an dem man gute Metzgereien erkennen kann. Im Sinne des Tierwohls muss auch auf kurze Transportwege bis zum Schlachthof geachtet werden.

DIE KUH ENTSCHEIDET, WOHIN IM STALL

Rinderhaltung ist ein großer Wirtschaftsfaktor, jeder vierte in der Landwirtschaft verdiente Euro stammt aus der Fleisch- bzw. Milchproduktion. Wie leben diese ca. 12,5 Millionen Rinder? Drei von vier Rindern können sich relativ frei in ihren Ställen bewegen. Die restlichen Kühe leben meist in der sogenannten Anbindehaltung. Das heißt, sie stehen fest angebunden im Stall und können aufstehen oder sich hinlegen, sonst nichts! Angebunden werden die Tiere meist in kleineren Betrieben mit durchschnittlich 27 Kühen. Jede dritte Kuh darf im Sommer auf die Weide. Das ist wichtig: Kühe sind perfekte Landschaftspfleger.

So sieht ein moderner Stall aus ⟶

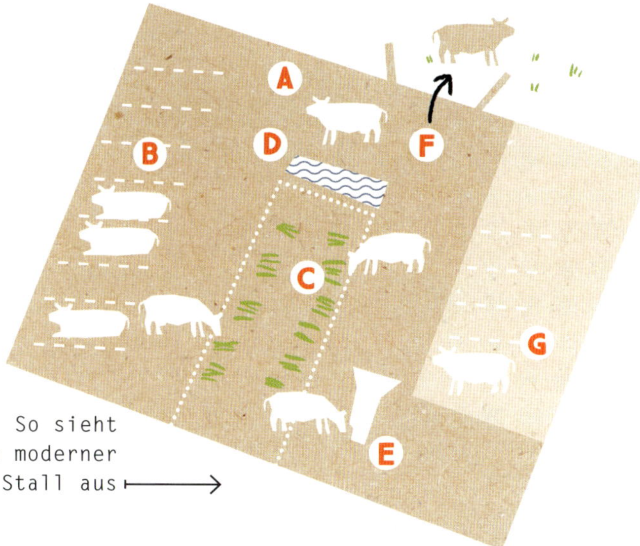

A = Hier kann sich die Kuh frei bewegen
B = Ausruhen, Wiederkäuen & Hinlegen
C = Futterplatz **D** = Tränke
E = Hier gibt es Kraftfutter
F = Zugang zum Außenbereich **G** = Melkstand

60 kg Fleisch essen wir im Schnitt.
Das ist zu viel!

WAS ZU VIEL IST, IST ZU VIEL

Ernährungswissenschaftler empfehlen 600 g Fleisch pro Woche, natürlich inklusive Wurst. Das wären dann 31 kg pro Jahr. Fleisch ist gesund, es enthält Eisen, Eiweiß, Vitamine und Mineralien. Die Menge macht es! Gerade was die roten Sorten anbelangt, also Schweine- und Rindfleisch. Je mehr rotes Fleisch man isst, desto höher ist das Risiko, einen Herzinfarkt zu erleiden oder an Krebs zu erkranken.

SEHEN WIR FISCHE BALD NUR NOCH IM AQUARIUM?

Für knapp die Hälfte aller Menschen auf der Erde ist Fisch der wichtigste Eiweißlieferant. Eiweiß benötigt der Körper z. B. für den Aufbau von Muskeln und Knochen oder für die Reparatur von Zellen. Aber jedes Jahr steigt der Verbrauch von Fisch dramatisch an. Die Folge ist Überfischung: Es wurde also so viel Fisch aus den Meeren gefangen, dass einzelne Fischarten vom Aussterben bedroht sind. Viele Fische, Muscheln und Algen werden deshalb in Aquakulturen, also in Unterwasserfarmen, gezüchtet.

Fisch ist leicht verdaulich, schmeckt gut und ist gesund.

Im Schnitt isst jeder Mensch 19,2 Kilogramm Fisch pro Jahr.

ROTE LISTE

Weil wir Menschen so großen Appetit auf Fisch haben, gelten die folgenden vier Arten als besonders gefährdet in der EU:

Schweinswal
Heringshai
Glattrochen
Aal

Fischkutter mit Netz auf der Nordsee

FÜNF VOR ZWÖLF!

Damit die Weltmeere weiterhin als Nahrungslieferant genutzt werden können, müssen Maßnahmen zu ihrem Schutz ergriffen werden. Speisefische brauchen Meeresschutzgebiete, in die sie sich zurückziehen können. Sie funktionieren wie ein Nationalpark: Die Natur wird sich selbst überlassen, Menschen dürfen nicht eingreifen.

Eine zweite Maßnahme sollten geringere Fangquoten sein: Fischschwärme können sich wieder erholen, wenn kleinere Mengen aus ihnen herausgefangen werden. Meeresbiologen können diese berechnen. Ziel muss sein, dass das Ökosystem Meer gesund bleibt. Gerät es aus den Fugen, dann wird es schwer, etwas zu reparieren.

MITGEFANGEN, IM NETZ GEHANGEN

Es gibt Fangmethoden, die sehr viel Beifang produzieren. Als Beifang werden die Tiere bezeichnet, die man »aus Versehen« im Netz hat, aber gar nicht fangen möchte. Diese Tiere werden einfach weggeschmissen oder zu Fischmehl verarbeitet. Pro Jahr sind das bis zu 30 Millionen Tonnen, das sind 182 vollgeladene Super-Containerschiffe. Zu den Tieren im Beifang gehören unter anderem Delfine, Wasserschildkröten und Grindwale. Gerade der Beifang ist eine unnötige Belastung für das Ökosystem Meer. Es gibt mittlerweile »schlaue« Geräte, die den Tieren helfen, wie z. B.:

BEIFANG? *Nein danke.*

- runde Haken, in die sich Schildkröten nicht mehr verbeißen können,
- Pinger, die Pieptöne von sich geben und große Meeressäuger abhalten,
- starke Magnete, die die gegenüber Magnetfeldern empfindlichen Haie vertreiben,
- oder Fangnetze mit Notausgängen, damit sich die Meerestiere, die zum Beifang gehören, aus dem Netz befreien können.

Ein Pinger schreckt Delfine ab.

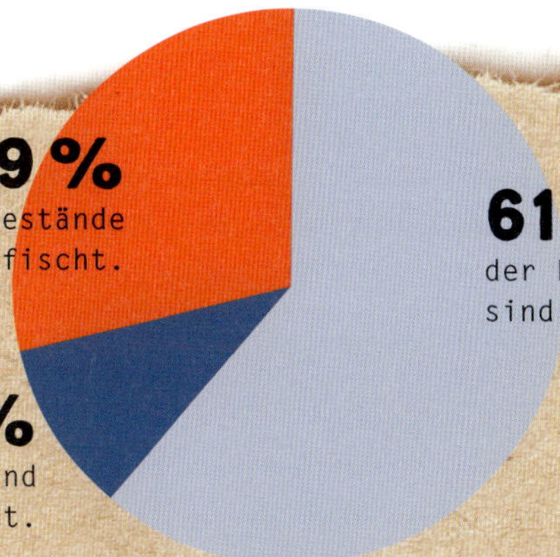

29 % der Fischbestände sind überfischt.

61 % der Fischbestände sind maximal genutzt.

10 % der Fischbestände sind im Gleichgewicht.

Lage der Fischbestände weltweit

80 MILLIONEN Tonnen Fisch werden pro Jahr gefangen.

Seit 2015 essen wir mehr Fisch aus Aquakulturen als aus der Fischerei.

UNTERWASSER-BAUERNHOF

Aquakulturen funktionieren wie Höfe mit Viehwirtschaft, nur unter Wasser. Es gibt viele Vorteile, den Fisch auf diese Art zu züchten: Fische benötigen viel weniger Nahrung, um groß zu werden, als Geflügel und Säugetiere. Und es werden keine Trinkwasserreserven verbraucht. Achten die Züchter wirklich auf eine umweltverträgliche Produktion, dann ist Fisch aus Aquakulturen eine gute Alternative zu Wildfängen.

Unterwasserfarm in Norwegen

WILD AUF WILD

In den Wäldern, auf den Feldern und den Seen leben Wildtiere. Sie werden nur in Ausnahmefällen gefüttert, allerdings werden sie bejagt. Wildtiere führen ein artgerechtes Leben und werden ohne Transportstress getötet. Mit dem Fleisch der Wildtiere kann man natürlich nicht den gesamten Bedarf decken, trotzdem ist es eine gute, beinahe CO_2-neutrale Alternative zu Fleisch aus biologischer oder konventioneller Haltung.

Reh

ENTE? REH? WAS IST WILD?

Wildschwein

Wild, das sind frei lebende Tiere, deren Fleisch gegessen werden kann. Dazu gehört das »Haarwild«, wie Rehe, Hirsche oder Hasen. Das »Federwild« sind Tauben, Enten oder Fasane, Wildschweine werden »Schwarzwild« genannt und wild lebende Schafe »Muffelwild«. Die Tiere dürfen nur zu bestimmten Zeiten gejagt werden, den Rest des Jahres haben sie Schonzeit. Es werden Abschussquoten festgelegt, die es den Tierbeständen erlauben, sich innerhalb der Schonzeit wieder zu erholen.

In Deutschland gibt es nur noch 77 Luchse.

WALD VOR WILD

Luchs, Wolf oder Bär sind früher durch unsere Wälder gestreift, heute gibt es sie nur noch vereinzelt. Diese Tiere waren große Räuber. Ihr Speiseplan hat dazu beigetragen, dass sich die Bestände von Rotwild nicht zu stark vermehrten. Heute fehlen die natürlichen Feinde und in langen kalten Wintern wird das Wild zum Teil von Menschen gefüttert. Es vermehrt sich, die Bestände nehmen zu. Die Tiere knabbern ihre Lieblingsspeise, Triebe junger Bäume. Das schädigt den kranken Wald und schwächt ihn.

DER TISCH IST GEDECKT

Wildschweine mögen Mais, Raps und Getreide.

Gerade für Wildschweine ist der Tisch gut gedeckt. Mais, Raps und Getreide werden auf großen Flächen angebaut, das schmeckt ihnen. Entsprechend ihrem guten Ernährungszustand, vermehren sich die Wildschweine und die Bestände geraten aus den Fugen, wachsen und wachsen. Wenn eine Rotte Wildschweine über einen Acker hergefallen ist, dann bleibt nicht viel davon übrig. Über das Jahr gesehen entstehen auf den Äckern Schäden in Millionenhöhe. Deshalb dürfen relativ hohe Zahlen Wildschweine geschossen werden.

Hirschspuren

IST WILD BESSERES BIO?

Wild lebt artgerecht und frei. Für die Tiere müssen nicht auf besonderen Flächen Futter angebaut oder Weideflächen angelegt werden, das ist gut für die CO_2-Bilanz. Das Fleisch wird in der Regel regional vermarktet. Entweder der Jäger verkauft es oder Metzgereien in der näheren Umgebung bieten es an, auch das hilft der CO_2-Bilanz. Natürlich geben Rehe und Rotwild, während sie wiederkäuen, Methan ab, dennoch fallen für ein Kilogamm Wildbret deutlich weniger Treibhausgase an wie für ein Kilogramm Bio-Fleisch. Wer Wildfleisch isst, betreibt damit also Klimaschutz.

So viel wurde von den einzelnen Tierarten verspeist:

WILDTIER	STÜCKZAHL JAGDSAISON 2017/2018
Schwarzwild	836 865
Rehwild	1 190 724
Muffelwild	7288
Wildkaninchen	100 473
Fasane	76 731
Wildenten	273 832
Wildtauben	431 047

BLEIHALTIG?

Häufig liest man, dass Wildbret mit Blei belastet ist, weil die Tiere mit bleihaltiger Munition erlegt werden. Die EU möchte diese Munition verbieten, so weit ist es aber noch nicht. Erwachsene nehmen weniger Blei aus der Nahrung auf als Kinder. Wer nur wenig Wild isst, bis zu 10 Portionen im Jahr, muss sich keine Gedanken über das Blei machen.

WILD NICHT GLEICH WILD

Wildfleisch erfreut sich mittlerweile so großer Beliebtheit, dass die Tiere zum Teil in Gattern gehalten werden, überwiegend Dam- und Rotwild. In den Gehegen leben sie, wie in der freien Wildbahn, in Rudeln zusammen. Geht es gegen den Winter, dann ist Zufütterung von Eicheln oder Kastanien erlaubt. Wenn man Tiere aus Gatterhaltung verspeist, dann sollte man darauf achten, dass sie ebenfalls aus einer regionalen Quelle stammen. Es gibt auch Importware aus Übersee. Deren CO_2-Bilanz ist aufgrund des langen Transports schlecht. Außerdem werden die Tiere in anderen Ländern gemästet und mit Medikamenten behandelt. Genau das möchte man ja nicht, wenn man sich entschließt, Wild zu essen.

Wildfleisch
aus der Region oder
Geflügel aus Freilandhaltung
und in Bio-Qualität
ist nicht nur artgerecht,
sondern auch
umweltfreundlich.

KLEINE KÖRNER, KLEINE FRÜCHTE

Reisbäuerin in Thailand

Reis, Getreide, Hülsenfrüchte: Als einzelnes Körnchen winzig klein, in der Gesamtheit besonders wichtig, um die Weltbevölkerung zu ernähren. Bei Ausgrabungen wurden in Siedlungen, die über 20 000 Jahre alt sind, Hinweise auf Getreideanbau gefunden. Auch Reis steht schon lange auf dem Speiseplan: In einer thailändischen Höhle entdeckte man Reiskörner, die vor über 10 000 Jahren in Gefäße abgefüllt worden waren.

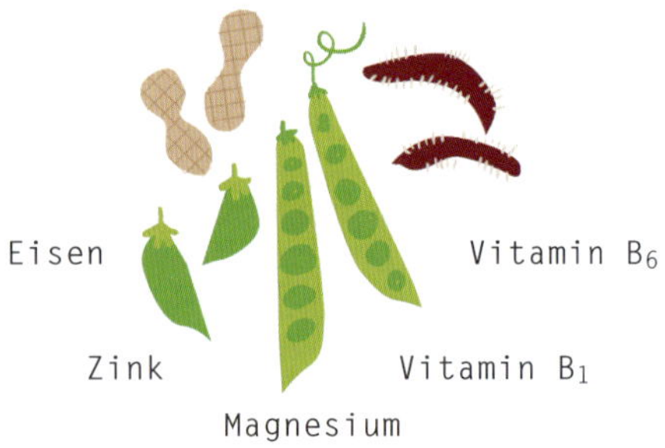

↑ Das steckt in der Hülse(nfrucht)

HÜLSENFRÜCHTE

Zu diesen Früchten zählt ein Nahrungsmittel, das man nicht auf den ersten Blick dort einordnen würde: die Erdnuss. Ebenfalls wenig bekannt sind die Samen der Lupine, ein ausgesprochen guter Eiweißlieferant. Hülsenfrüchte bekommt man getrocknet, in Dosen oder frisch, z. B. Bohnen oder Erbsen. Hülsenfrüchte helfen nicht nur bei einer gesunden Ernährung, sie tun auch dem Boden ausgesprochen gut: Sie binden Stickstoff aus der Luft und verbessern die Struktur und die Fruchtbarkeit von Böden. Damit leisten sie einen wichtigen Beitrag zur Ernährungssicherheit. Als Fleischalternative sind sie wegen ihres hohen Eiweißgehaltes beliebt.

Hülsenfrüchte stehen auf Platz 2 der Weltnahrungsmittel, nach Getreide.

Die UN hatte das Jahr 2016 zum Jahr der Hülsenfrüchte erklärt, um zu zeigen, wie wichtig sie für die Welternährung sind.

ZURÜCK ZU DEN URGETREIDESORTEN

Alte Getreidesorten werden gerade neu entdeckt. Lange Zeit wurden sie nicht angebaut, weil sie geringere Erträge liefern. Weizenkörner wachsen z. B. in vier Reihen am Halm, die Ähren des Emmers sind nur zweireihig. Die alten Sorten haben auch mehr Spelz, das sind die kleinen dicken Schalen um das eigentliche Korn. Dinkel, Einkorn, Emmer, Grünkern oder Kamut schmecken kräftig, nussig und würzig. Sie enthalten mehr Vitamine und mehr Mineralstoffe als Weizen & Co. Das gefällt den Verbrauchern: 20 % mehr »neue alte Getreidesorten« wurden gekauft.

GANZ SCHÖN KLEBRIG

Gluten, eine Verbindung von Eiweißstoffen, macht die Backfähigkeit eines Mehls aus. Es wirkt wie ein Kleber, der den Teig zusammenhält. Der Kleber in den alten Sorten ist nicht so stark. Deshalb kann ihr Mehl nicht in großen Industrieanlagen verarbeitet werden. Der Teig würde alle Maschinen verbatzen und lahmlegen. In kleinen spezialisierten Bäckereien werden aber Brote, Brötchen oder süße Backwaren aus den Urgetreidesorten angeboten.

REISKÖRNER IN ZAHLEN

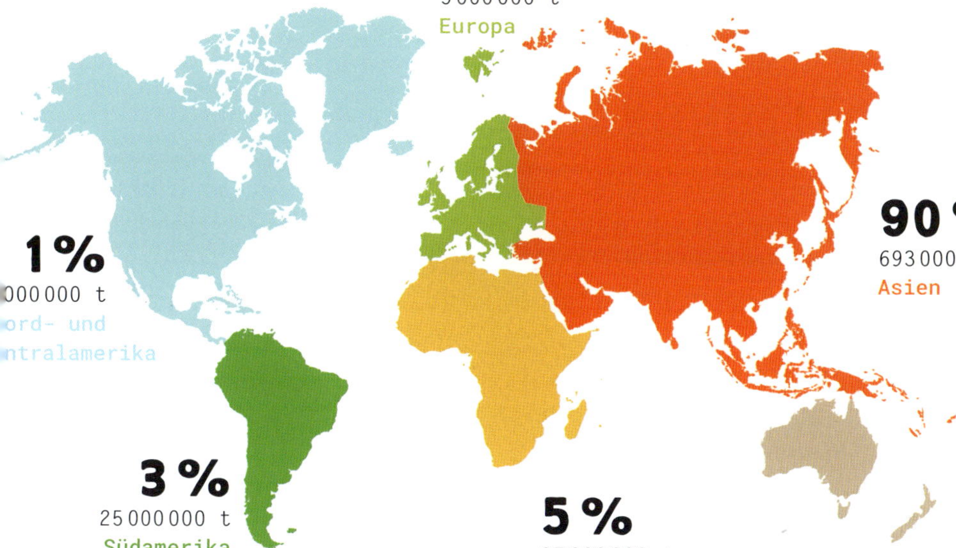

Angaben: Gesamtverbrauch in Prozent (%) und Reisgewicht in Tonnen (t)

100 %
769 000 000 t
Welt

Als Vergleich:
Weltweite Produktion Weizen:
769 000 000 t

Weltweite Produktion Getreide:
2 680 000 000 t

Das sind 2 Milliarden und 680 Millionen Tonnen.

REISANBAU

Reispflanzen benötigen viel Wasser, um zu wachsen, am liebsten mögen sie es feuchtwarm. Ungefähr 3000 v. Chr. begannen die Menschen damit, Reis auf gefluteten Feldern anzubauen. Das hatte verschiedene Vorteile: Ungeziefer und Unkraut wurden von den Feldern ferngehalten. Außerdem mussten die Bauern nicht täglich auf die Felder, um zu gießen. Die Pflanzen stehen ca. 10 Zentimeter tief im Wasser. Das Wasser steht allerdings nicht, es fließt sehr langsam. Pro Kilo Reis werden 3000 bis 5000 Liter Wasser gebraucht. In Asien wird meist Regenwasser (während der Monsunzeit) oder umgeleitetes Wasser aus Bächen und Flüssen genutzt.

PROBLEM METHAN

Bedeckt Wasser den Boden eines Reisfeldes, dann ist der Boden sauerstofffrei. Das mögen bestimmte Bakterien, die Archaeen, besonders gerne. Sie produzieren Methan in großen Mengen. Forscher schätzen, dass ca. ein Viertel des weltweiten Methanausstoßes auf den Nassreisanbau zurückzuführen ist. Das ist sehr problematisch, denn Methan ist ein besonders langlebiges Treibhausgas (s. S. 20/21).

DIE WUNDERBOHNE

Sojabohnen sind Hülsenfrüchte. In Japan und in China werden sie schon seit über 2000 Jahren für die Ernährung der Menschen genutzt. Die Kulturpflanze mag ein subtropisches, also ein feuchtwarmes Klima. Am liebsten sind ihr Temperaturen zwischen 24 und 34 Grad.

SPÄTZÜNDER EUROPA

Gerade weil es bei uns nicht so warm ist, hat es lange gedauert, bis Produkte aus der Sojabohne Einzug in unsere Ernährung gehalten haben. Dr. Friedrich Haberlandt, ein Wiener Agrarwissenschaftler, erkannte im 19. Jahrhundert, wie wichtig die Sojabohne als Eiweißlieferant sein könnte. Deshalb begann er 1875 mit Versuchen, die Bohne in Mitteleuropa anzubauen. 1878 stirbt er recht plötzlich. Der Sojabohne fehlte ein Fürsprecher, und es dauerte noch einmal 100 Jahre, bis sie wirklich wahrgenommen wurde.

DIE NACHFRAGE STEIGT

Ende der 1970er-, Anfang der 1980er-Jahre steigt plötzlich die Nachfrage nach Sojamilch, Tofu und Co. In Süddeutschland, dort ist es wärmer, beginnt man mit dem Anbau von Sojapflanzen, und die ersten Betriebe entstehen, die die Pflanzen weiterverarbeiten zu Lebensmitteln und zu Tierfutter.

DIE SOJABOHNE UND DER REGENWALD

Was hat Fleischkonsum mit der Sojabohne und dem Regenwald zu tun? Von der weltweiten Sojaproduktion werden fast 80 % als Futtermittel für Tiere, insbesondere für Schweine, Rinder und Geflügel, eingesetzt. Auch in Deutschland wird Sojaschrot als Futtermittel aus dem Ausland zugekauft, weil die heimischen Anbauflächen nicht ausreichen. Der Sojaverbrauch steigt in den Industrienationen in dem Maße, in dem der Hunger auf Fleisch zunimmt. Deshalb werden vor allen Dingen in Südamerika riesige Flächen Regenwald gerodet. Im Jahr verliert die Erde 12 Millionen Hektar tropischen Regenwald. Das bedeutet, jede Minute verschwindet eine Fläche, die 30 Fußballfeldern entspricht.

EINE BOHNE MIT VIELEN TALENTEN

Als Lebensmittel in Form von Sojamilch, Sojajoghurt, Edamame, Tofu, Sojasoße, Miso, Tempeh

Als Sojalecithin wird sie in Margarine, Fertiggerichten, Backwaren oder Schokolade eingesetzt, um Wasser und Fette miteinander zu verbinden.

als Futtermittel

als Biotreibstoff

Kein Soja in der Sojasprosse

Sojasprossen sprossen nicht etwa aus Sojabohnen, sie sind die Keimlinge der Mung- oder Mungobohne.

Für ein gutes Rindersteak muss das Rind viel Getreide und Soja fressen.

EIWEISSLIEFERANT

100 Gramm Sojabohnen liefern dem menschlichen Körper 36 Gramm Eiweiß. Zum Vergleich: Wenn man ein Rindersteak mit 150 Gramm isst, dann liefert das nur 2 Gramm mehr Eiweiß.

Die Rodung des Regenwalds hat schlimme Folgen:

Bäume können CO_2 speichern. Fehlen plötzlich viele Bäume, dann kann immer weniger CO_2 auf der Erde gebunden werden, auch das beschleunigt den Klimawandel.

Der Wasserkreislauf in der Region wird gestört. Die Landschaft versteppt.

BUNTE VIELFALT

Drei kleine Portionen Gemüse und zwei kleine Portionen Obst empfehlen Ernährungswissenschaftler täglich. Warum? Obst und Gemüse enthalten Vitamine, Mineral-, Ballast- und sekundäre Pflanzenstoffe. Ohne Vitamine und Mineralstoffe kann unser Körper nicht überleben. Sie helfen unseren Zellen, Knochen und Blutkörperchen. Obst und Gemüse zählen zu den Lebensmitteln, die man frisch kaufen kann, also ohne industrielle Bearbeitung.

DER HUNGER IST GROSS!

157,2 kg Obst und Gemüse pro Mensch und Jahr in Deutschland

REGIONAL UND SAISONAL

Regional und saisonal einkaufen hat Vorteile für die Umwelt und damit auch für unser Klima, aber auch für uns! Obst und Gemüse schmecken deutlich besser, wenn sie reif geerntet werden, und enthalten mehr Vitamine und Mineralstoffe. Haben sie einen langen Transportweg, dann werden sie meist unreif geerntet. Dafür werden sie mit Chemikalien behandelt, damit sie auf der Reise nachreifen. Chemikalien, die wir in Spuren immer auch im Essen haben.

Kirschen sind in Deutschland im Juni, Juli und August reif.

KEINE SELBSTVERSORGER

Etwas mehr als ein Fünftel des verzehrten Obstes und ein Drittel des Gemüses werden in Deutschland erzeugt, der Rest muss aus anderen Ländern gekauft werden. Allen voran werden natürlich Zitrusfrüchte, Bananen, Nektarinen und Pfirsiche eingeführt, eben alles, was in unserem Klima nicht wächst. Eines der europäischen Länder, aus dem wir besonders viel einführen, ist Spanien.

Europas sogenannter Obst- und Gemüsegarten liegt in Südspanien bei Almería.

Die Fläche der plastiküberzogenen Gewächshäuser ist so groß, dass man sie aus dem Weltall sehen kann.

GROSSPLANTAGEN – GROSSES PROBLEM

Von dem Obst und dem Gemüse, das in Deutschland in den Regalen liegt, kommt ein großer Teil aus dem europäischen Ausland. Dort wird es häufig auf Großplantagen unter riesigen Plastikplanen gezogen. Die Plastikplanen müssen regelmäßig erneuert werden, dadurch fällt sehr viel Plastikmüll an, der meist nicht richtig entsorgt wird. Außerdem ist der Wasserbedarf für die vielen Pflanzen so groß, dass der Grundwasserpegel in den Regionen fällt. Auf den Plantagen arbeiten viele Tagelöhner, die kaum mehr als 20 € pro Tag verdienen. Sie leben oft in schlimmen Verhältnissen in selbst zusammengezimmerten Häusern, die aus den alten Plastikplanen bestehen.

ALTE SORTEN

Egal ob Obst oder Gemüse, das, was wir in den Läden finden, ist ein relativ ähnliches Angebot. Dank der Slow-Food-Bewegung, die sich unter anderem dafür einsetzt, dass die Geschmacksvielfalt erhalten bleibt, kommen alte und vergessene Sorten wieder in unser Bewusstsein. Topinambur, Hopfensprossen, Ochsenherz-Tomaten oder Äpfel mit Namen wie Finkenwerder Herbstprinz und Geflammter Kardinal werden wieder angebaut. Entdeckt man so eine Kostbarkeit, sollte man sie unbedingt probieren.

Ochsenherz-Tomate

Was ist dein Lieblingsgeschmack?

Hast du diese Woche etwas probiert, das du noch nicht kanntest?

Welches Gericht würdest du gerne erfinden?

WIE SUPER IST SUPERFOOD WIRKLICH?

Superfood wird als Alleskönner verkauft: Es macht angeblich schlank, gesund, und man altert langsamer, wenn man es isst. Der Begriff »Superfood« wurde von einer amerikanischen Autorin geprägt und erwies sich als genial: Bücher, die über Superfood berichten, verkaufen sich natürlich besser als Bücher über ganz normales gesundes Essen.

650 MILLIONEN TONNEN AVOCADOS

wurden im Jahr 2018 in Europa verspeist. Europa ist der Avocado-Markt, der am schnellsten wächst, auch dank geschickter Werbung für die Frucht. Sie schmeckt unbenommen sehr gut, ein geringerer Konsum würde unserer Erde aber ausgesprochen guttun. Eine Abwägung beim nächsten Einkauf ist das wert.

SCHLAUE VERMARKTUNG

Superfood ist keine Marke und kein geschützter Begriff. Also kann alles zu Superfood gemacht werden. Und so läuft es dann auch: Man hat ein Produkt Früchte, Beeren oder Samen. Die werden in ihre allerkleinsten Bestandteile zerlegt, so lange, bis man ein paar Wirkstoffe in ihnen entdeckt hat. Noch wichtiger als die Wirkung ist allerdings eine gute Geschichte. In dieser Geschichte geht es meist darum, dass die Frucht, das Korn oder die Beere in einer anderen Kultur schon seit Jahrhunderten als Heilmittel eingesetzt wird.

Sind Chiasamen also wirklich so toll, nur weil sie schon die Azteken gegessen haben?

TRENDFOOD AVOCADO

Die Avocado ist gesund und schmeckt in süßen Cremes genauso gut wie in Salaten oder als Butterersatz auf dem Brot. Die Beere aus der Familie der Lorbeergewächse gilt als Superfood, das klüger, schlanker und gesünder macht. Gewusst haben das schon die Azteken, die sie als Heilmittel einsetzten. Aber sie ist eine durstige Diva! Damit man ein Kilo Avocados ernten kann, das sind 2 ½ bis drei Früchte, muss man etwa 1000 Liter Wasser einsetzen. Die Avocado muss weit reisen, im Sommer kommt sie aus Südafrika und Peru, im Winter aus Brasilien, Chile und Spanien zu uns. Weil sie extrem empfindlich ist, wird sie hart und unreif geerntet. Dennoch braucht sie viel Verpackungsmaterial um sich herum, damit sie unversehrt in Europa nachreifen kann. Das tut sie in einer Reifekammer, in der sie mit Ethen behandelt wird. Viel Wasser, ein weiter Weg und Reifekammern machen die Superbeere zu einem CO_2-Monster.

Die Avocado hat einen weiten Flug hinter sich, bevor sie bei uns ankommt.

AÇAI: BRASILIANISCHE WUNDERBEERE?

Einer Legende nach rettete die Açai-Beere ein Indianer-Volk aus dem Amazonasgebiet vor dem Verhungern. Wiederentdeckt wurde die Beere in den 1990er-Jahren von Surfern an der Küste Brasiliens, die die Beeren gerne als stärkenden Snack zu sich nahmen. Seitdem wurde die Beere als Superfood aufgebaut, dem viele gesundheitsfördernde Wirkungen zugeschrieben werden. Natürlich ist die Açai-Beere gesund – genauso gesund wie Holunderbeeren, die bei uns im heimischen Garten wachsen!

SUPERFOOD WÄCHST ÜBERALL ...

... auch auf den heimischen Feldern.
Das einheimische Superfood ist günstiger und frischer und enthält ebenfalls wertvolle Inhaltsstoffe.
Einzig die spannende Geschichte fehlt.

EXOTISCHES SUPERFOOD		EINHEIMISCHES SUPERFOOD
Chiasamen	→	Leinsamen
Quinoa	→	Hirse
Aroniabeeren	→	Heidelbeeren
Moringa	→	Kirschen
Goji-Beeren	→	Schwarze Johannisbeeren, Sanddorn
Açai-Beeren	→	Holunderbeeren, blaue Trauben

HEIMISCHER SUPERHELD »DIE BRENNNESSEL«

Exotisches Superfood ist eine Abwechslung auf dem Teller und bringt ganz neue Geschmacksrichtungen mit sich. Für neue Geschmacksrichtungen können aber auch vergessene heimische Helden sorgen: z. B. die Brennnessel. Die schmeckt als Pesto über Nudeln, als Suppe oder Spinatersatz. Sie enthält jede Menge Nährstoffe, Mineralien und Vitamin C. Ein einheimisches Superfood also, das vergessen wurde, nur weil es ein bisschen brennt. Das Brennen geht beim Kochen verloren!

Summ, summ, summ

HONIG, DER GOLDENE SAFT

In Deutschland gibt es über 550 verschiedene Wildbienen-Arten. Wildbienen leben nicht in Staaten zusammen, die überwiegende Mehrheit sind Einzelgänger. Wildbienen sammeln Nektar, stellen daraus aber keinen Honig her. Honigbienen-Arten gibt es neun, davon lebt aber nur eine, mit all ihren Unterarten, in Europa.

Bienenkotze

Die Bienen fliegen aus, um Nektar zu sammeln. Doch wie wird im Bienenstock aus dem Nektar Honig? Zuerst einmal würgt die Arbeiterin, die den Nektar gesammelt hat, ihn heraus. Die Bienen, die im Stock leben, fressen das Ausgewürgte, verdauen es und spucken es aus. Das machen sie immer wieder, so lange, bis dem Nektar so viel Wasser entzogen worden ist, dass er dickflüssiger Honig wird. Als Nahrung dient der Honig den Bienenlarven und der Königin des Stocks, nicht den Arbeiterinnen.

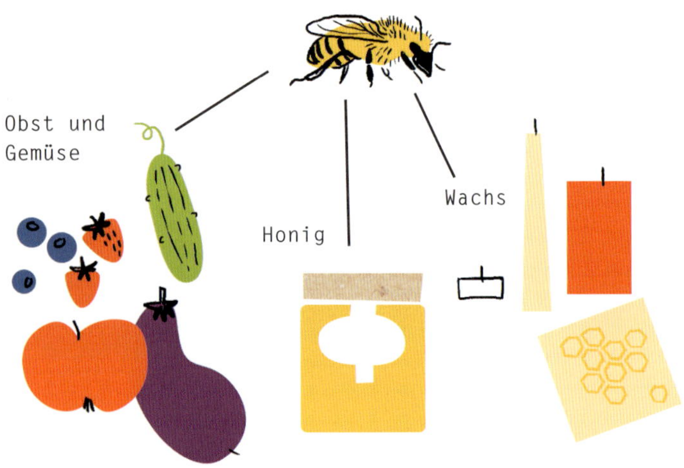

KLEINSTES NUTZTIER DER WELT

Die Honigbiene ist ein sehr kleines Nutz- und Haustier, dafür umso wichtiger: Sie bestäubt nämlich ca. 80 % der Nutzpflanzen und darüber hinaus viele Wildpflanzen. Wir müssten also auf viele Nahrungsmittel verzichten, gäbe es die Biene nicht, allen voran Obst, Beeren und Gemüse. Neben der Bestäubungsarbeit liefern uns die Bienen Honig und Wachs, zwei wertvolle Rohstoffe.

IST HONIG GESUND?

Honig schmeckt sehr gut, das liegt natürlich auch daran, dass er zu fast 80 Prozent aus Zucker besteht. Vitamine, Mineralstoffe und Wasser finden sich ebenfalls darin. Aber neben dem leckeren Brotaufstrich hat Honig mehr oder weniger »gesunde« Eigenschaften. Honig wirkt gegen Bakterien und Pilze im Körper, er lindert Husten und Halsschmerzen und kann trockene, juckende Haut wieder geschmeidig machen.

Hustensaft aus Zwiebeln und Honig

HONIG VOM BALKON

In Städten gibt es immer mehr Bienenvölker. Da stellt sich die Frage: Finden die kleinen Nutztiere dort überhaupt Nahrung? Die Antwort lautet ganz klar: Ja! Ihnen geht es in der Stadt sogar besser als auf dem Land. Dort produziert ein Bienenvolk im Schnitt 30 kg Honig, in der Stadt bis zu 47 kg. In der Stadt ist das Nahrungs- und Blütenangebot vielfältiger und unterschiedlicher: Es gibt Parks, bepflanzte Balkone, Gärten, Alleen und viele Wildblumen, die sich am Straßenrand ansiedeln. Auf dem Land werden große Felder nur noch mit einer bestimmten Pflanze bestellt, z. B. Raps. Außerdem werden dort Gifte eingesetzt, die Unkraut, das eigentlich Bienennahrung wäre, vernichten und auch die Bienen schädigen. Wilde Blumenwiesen gibt es kaum noch.

Etwa 50 Quadratkilometer umfasst das Sammelgebiet eines Bienenvolkes.

Das entspricht in etwa der Größe einer Stadt wie Flensburg.

Die Arbeitsbienen müssen für 1 kg Honig ca. 80 000-mal ausfliegen und eine Strecke von 240 000 Kilometern zurücklegen.

Das ist, als würden sie beinahe sechsmal um die Erde fliegen.

Der Magen einer Arbeiterin ist erst nach 1000 Blüten gefüllt. Dann wiegt die Biene ein Drittel mehr.

Passen Wetter und Nahrungsangebot, dann können die Sammlerinnen an einem Tag mehrere Kilogramm Blütennektar in den Stock bringen.

Arbeiterin

Königin

Bienenstöcke im Winter

Ein Imker bei der Arbeit

DER BIENENBÄNDIGER

Der Imker ist derjenige, der die Bienen bändigt. Bienenvölker schwärmen immer wieder aus und verlassen ihren Bau. Dafür gibt es zwei Gründe: Zum einen dient das Verhalten der Hygiene. Bauen sich die Bienen ein neues sauberes Nest, dann ist die Gefahr, dass sich Krankheiten oder Parasiten ausbreiten, deutlich geringer. Natürlich schwärmen sie auch aus, wenn das Volk zu groß geworden ist für sein Zuhause. Deshalb ist es Aufgabe des Imkers, den Bienen immer eine passende Unterkunft anzubieten. Er achtet auch darauf, dass sich im Stock keine Krankheiten ausbreiten.

Ganz wichtig: Der Imker entnimmt den Honig, also die Nahrung für die Bienenlarven, deshalb muss er den Bienen andere Nahrung geben. Auch für die Bienenfamilienplanung ist der Imker zuständig: Völker sterben mit der Zeit, deshalb achtet der Imker immer darauf, neue junge Völker zu ziehen.

GUTER ZUCKER – BÖSER ZUCKER

Gibt es überhaupt guten Zucker? Nein, da sind sich alle Experten einig. Nicht einmal der Fruchtzucker, die Fruktose, ist gesund. Trotzdem, auch da sind sich die Wissenschaftler einig, sollte man nicht auf Obst im Speiseplan verzichten.

DIE ZUCKERFALLE

Zucker wirkt wie eine Droge auf unser Gehirn. Er lässt uns Dinge nicht anders wahrnehmen, aber wir werden abhängig von ihm. Zucker aktiviert das Belohnungssystem und macht glücklich. Also wollen wir immer mehr davon. Das schadet unserem Körper. Fettleibigkeit ist eine der Folgen von zu viel Zucker sowie Kopfschmerzen, Schlafstörungen, Niedergeschlagenheit und Karies.

ZUCKER-VERSTECKE

Dass in Schokolade, Limonade oder Honig viel Zucker enthalten ist, wissen wir. Aber oft ist der Zucker gut versteckt in Gerichten, die nicht mal süß sind, wie z. B. in Fertigpizza, Ketchup, Ravioli oder Salatsauce. Zucker rundet den Geschmack der Gerichte ab, lässt ihn voller wirken. Achtet man nicht auf die Verpackungshinweise, kann es schon passieren, dass man an einem Tag über 100 Gramm Zucker zu sich nimmt, ohne eine einzige Süßigkeit gegessen zu haben.

GEHT ES AUCH OHNE?

Unser Körper kann prima ganz ohne Zucker leben. Er stellt sich seinen eigenen Zucker aus den Kohlenhydraten her, die mit der Nahrung aufgenommen werden. Viel schwieriger ist die Umstellung für die Geschmacksnerven. Es dauert ein wenig, bis ihnen ungesüßtes Essen wieder schmeckt.

WARUM SIND WIR SO GIERIG AUF SÜSSES?

Es gibt kaum Menschen, die sich vor Zucker ekeln. Warum ist das so? Dazu gibt es verschiedene Annahmen:

1 Als Embryo schwimmen wir in Fruchtwasser, das leicht süßlich schmeckt. Eventuell kommt die Vorliebe für Süßes daher.

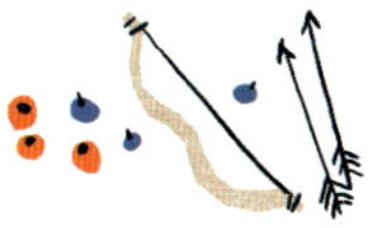

2 Es könnte aber auch daran liegen, dass die Menschen, als sie noch Jäger und Sammler waren, viele süße Früchte und Beeren gegessen haben.

3 Oder es hängt damit zusammen, dass Süßigkeiten oft als Belohnung ausgegeben werden.

ZUCKERARTEN

Zucker hat ganz verschiedene Namen. Wenn auf einer Verpackung Laktose (Milchzucker), Fruktose (Fruchtzucker), Galaktose (Schleimzucker), Glukose (Traubenzucker), Maltose (Malzzucker) oder Sirup stehen, dann sind das alles Zuckerarten. Die Zutatenliste ist nicht nur klein gedruckt, sie weist den Zucker in verschiedenen Namen aus, so erkennt man nicht gleich, wie viel Zucker wirklich in einem Produkt enthalten ist.

Becher Fruchtjoghurt, 150 g	8 Zuckerwürfel
Tiefkühl-Pizza, 390 g	4,5 Zuckerwürfel
Schokoriegel, 50 g	11 Zuckerwürfel
Salatdressing, 100 ml	3 Zuckerwürfel
Schokolade, 100 g	16 Zuckerwürfel
Banane, 150 g	4 Zuckerwürfel
Apfel, 150 g	2 Zuckerwürfel
Milch, 100 ml	1,7 Zuckerwürfel

UNGESÜSST = ZUCKERFREI?

Steht auf einer Verpackung »ungesüßt«, dann bedeutet das nur, dass im Produkt kein Haushaltszucker ist. Wenn Früchte verarbeitet wurden, dann enthält die Marmelade oder der Fruchtjoghurt natürlich Zucker, nämlich die Fruktose, den Fruchtzucker.

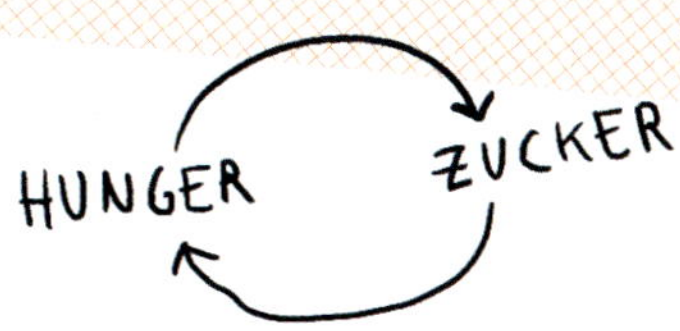

WAS PASSIERT IM KÖRPER?

Zucker wird schon im Mund vom Speichel aufgespalten. Über Magen und Darm gelangt der Traubenzucker, ein Bestandteil des Zuckers, ins Blut und lässt den Blutzuckerspiegel ansteigen. Beim Abbau wird er in Energie für den Körper umgewandelt. Alles, was der Körper nicht braucht, wird in Fettdepots eingelagert, für Notzeiten. Fällt der Blutzuckerspiegel wieder, dann bekommt man starken Hunger. Je zuckriger die Speisen waren, die man gegessen hat, desto hungriger wird man. Ein Kreislauf, der schwer zu durchbrechen ist.

RUND UM DIE MILCH

Nach der Geburt ist das erste Nahrungsmittel die Muttermilch. Milch enthält viele gesunde Inhaltsstoffe und kann zu ganz vielen Produkten weiterverarbeitet werden: Joghurt, Quark, Buttermilch, Sahne, Käse ... Kuhmilch ist die meistgetrunkene Milchsorte auf der Welt, an zweiter Stelle kommt die Büffelmilch. Sie wird in Asien getrunken.

KÜHLSCHRANK MUSS SEIN

Milch wird haltbar gemacht durch Erhitzen, aber egal, welche Milchsorte man kauft, nach dem Öffnen muss sie in den Kühlschrank und sollte schnell verbraucht werden.

KUHMILCHSORTEN

Rohmilch

Nachdem die Kuh gemolken wurde, wird diese Milch nur gefiltert und gekühlt. Man kauft sie auf dem Bauernhof.

Vollmilch

Diese Milch heißt so, weil sie ihren vollen Fettgehalt behält, mindestens 3,5 %.

Fettarme Milch

Fettarme Milch hat einen Fettanteil von 1,5 %.

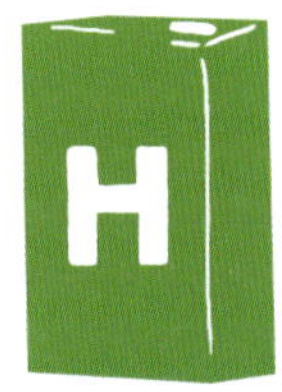

H-Milch

H-Milch wird 1 bis 2 Sekunden auf 135 bis 150 °C erhitzt. Sie kann ungeöffnet bis zu mehreren Monaten gelagert werden.

Die erste Nahrung für die meisten Menschen ist Muttermilch.

LAKTOSEFREIE MILCH

Neugeborene und kleine Kinder können den Milchzucker Laktose gut in Energie umwandeln. Trinkt ein Kind keine Milch von der Brust der Mutter mehr, dann wird das Enzym, das es zur Umwandlung braucht, immer weniger, bis es im Erwachsenenalter gar nicht mehr produziert wird. Nur ein Viertel der gesamten Weltbevölkerung verträgt als Erwachsener noch Milch. Viele Europäer gehören dazu. Für alle, die den Milchzucker nicht mehr vertragen, gibt es die laktosefreie Milch. Die Laktose wird in ihre Bausteine zerlegt, das ist die Arbeit, die sonst das Enzym übernimmt, und schon vertragen die Erwachsenen die Milch wieder.

So viel Milch braucht man für 1 kg Sahne, Butter etc.

7 Liter Milch	→	1 Liter Sahne
18 Liter Milch	→	1 kg Butter
4 Liter Milch	→	1 kg Speisequark
15 Liter Milch	→	1 kg Hartkäse

BUTTER UND BUTTERMILCH

Das Fett in der Milch ist die Sahne. Lässt man die Milch ein wenig ruhen, dann setzt sich die Sahne oben auf ihr ab. Schlägt man den Rahm lange, dann bekommt man zunächst Schlagsahne. Macht man aber immer weiter mit dem Schlagen, dann trennt sich die Sahne in Butter und Buttermilch. Das kann man zu Hause mit einem Handrührer und einem Becher Schlagrahm ausprobieren.

QUARK

Um Quark herzustellen, versetzt man Milch mit einer Kultur und lässt sie säuern. Nach einigen Stunden gibt man noch etwas Lab dazu. Lab kommt im Magen des Kälbchens vor und hilft ihm, die Muttermilch zu verdauen. Die alten Ägypter haben sich das Lab schon zunutze gemacht: Sie wussten bereits, dass es Milch gerinnen lässt. Heute kommt das Lab meist aus dem Labor. Mit dem Lab vermengt, steht die Milch einige Stunden. Am nächsten Tag schöpft man die feste Milch ab, in ein Sieb oder in ein Mulltuch, und lässt sie abtropfen: Der Quark ist fertig.

JOGHURT

Um Joghurt aus Milch herzustellen, muss die Milch leicht erhitzt werden und mit einer Bakterienkultur versetzt werden. Der Bazillus bestimmt den Geschmack, also ob der Joghurt milder oder saurer schmeckt. Der *Lactobacillus bulgaricus* macht aus Milch einen besonders guten Naturjoghurt.

Und so wird **KÄSE** gemacht:

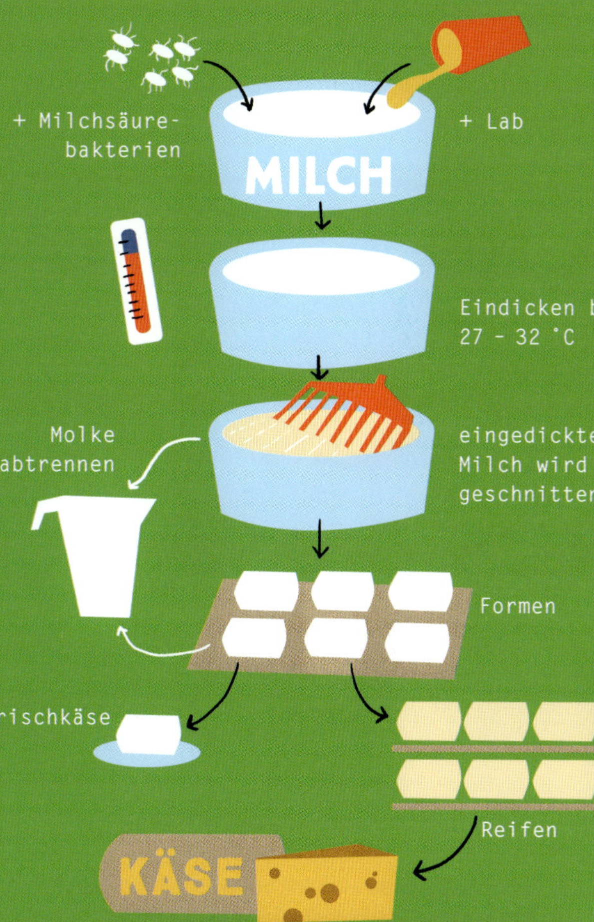

Weichkäse reift nur wenige Tage, Hartkäse dagegen mehrere Monate.

NUR MIT WASSER LÄUFT'S

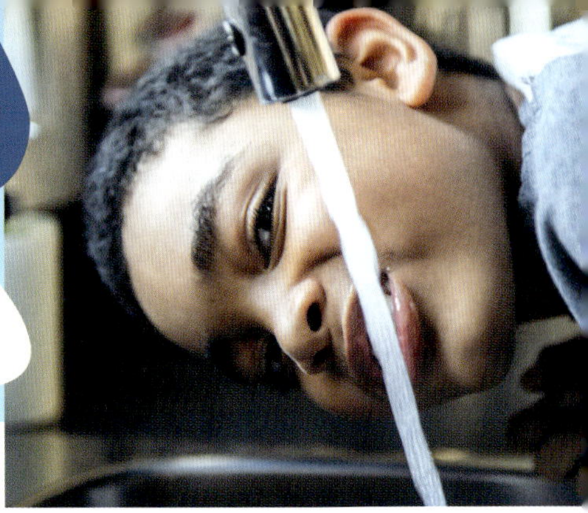

Über die Hälfte unseres Körpers besteht aus Wasser. Damit alle Zellen so arbeiten, wie sie es sollen, muss der Wasserhaushalt im Körper stimmen. Jeden Tag pieseln und schwitzen wir und verlieren dabei ungefähr 2 Liter Flüssigkeit, die nachgetankt werden müssen. Daran erinnert uns der Körper mit einem Alarmsignal: dem Durst! Nimmt die Konzentration von Salz im Blut zu, schaltet das Gehirn auf Durst, und wir trinken so lange, bis er wieder verschwunden ist. Nur dann können unsere Organe gut arbeiten und nur dann läuft es wie geschmiert im Körper.

SAUBERES WASSER FÜR ALLE

Wasser kommt aus dem Hahn in so guter Qualität, dass man es trinken kann. Aber nicht überall. Hunderte Millionen Menschen haben diesen Luxus nicht, deshalb ist der Zugang zu sauberem Wasser im Jahr 2010 zu einem Menschenrecht ernannt worden. Ziel ist es, dass bis 2030 alle Menschen eine saubere, sichere Wasserversorgung haben. Doch der Klimawandel und immer mehr Dreck in den Gewässern stehen dagegen. Wasser wird knapper und damit zu einer Ware, mit der man viel Geld verdienen kann. Deshalb kaufen gerade in wasserarmen Gegenden Lebensmittel-Großkonzerne Quellen auf, eine gefährliche Entwicklung.

WASSER IST NICHT GLEICH WASSER

Leitungswasser: Das Wasser aus dem Hahn kommt zu 2 Drittel aus dem Grundwasser. Ein Drittel stammt aus Oberflächengewässern wie Stauseen oder Flüssen. Es wird aufbereitet und von Keimen befreit, bevor es aus der Armatur fließt.

Mineralwasser: Ursprünglich war es Regenwasser, das durch viele Gesteinsschichten hindurchgesickert ist und dabei Mineralstoffe aufgenommen hat. Es sammelt sich in großen unterirdischen Becken und wird von dort in die Flaschen gepumpt. Es darf nur mit Kohlensäure versetzt werden.

Heilwasser: Eigentlich ist es auch ein Mineralwasser und noch ein bisschen mehr. Die Zusammensetzung der Mineralstoffe ist so, dass sie bei bestimmten Beschwerden heilende Wirkung hat. Das prüft das Bundesinstitut für Arzneimittel und Medizinprodukte.

Quellwasser: Eigentlich Mineralwasser, nur der Gehalt an Mineralien muss nicht immer gleich sein.

Tafelwasser: Ist ein Industrieprodukt. Verschiedene Wasserarten dürfen gemischt und Mineralstoffe zugesetzt werden.

GESUNDE DURSTLÖSCHER

NICHT OPTIMALE DURSTLÖSCHER

LUST AUF TEE

Teeplantage in Vietnam

15 000 Tassen Tee werden weltweit pro Sekunde getrunken. Damit ist Tee nach Wasser das wichtigste Getränk. Tee wird auf großen Plantagen angebaut. Die Arbeitsbedingungen dort sind oft für die Arbeiter nicht gut. Deshalb gibt es für Tee und vieles andere ein Siegel wie Fairtrade, also fairer Handel. Tee mit diesem Siegel wird von Menschen geerntet, die angemessen bezahlt werden, oder von Kleinbauern, die über das Siegel Unterstützung bekommen.

FAIRTRADE

Dieses Zeichen zeigt, dass der Tee fair gehandelt wurde.

GEMÜSE ALS SAFT

Gesünder als Fruchtsäfte sind Gemüsesäfte. Sie enthalten deutlich weniger Fruchtzucker. Natürlich gibt es Gemüsesorten wie Karotten oder Rote Bete, die viel Zucker enthalten, in der Regel sieht es aber anders aus. Allerdings muss man die Säfte, presst man nicht selbst, genau kontrollieren, ob Zucker oder Honig zugesetzt wurden.

Leider gibt es immer noch Länder, in denen Menschen hungern.

Oft sind es Dürren oder Überschwemmungen, die die Ernten zerstören. Der Mensch verstärkt diese Probleme durch den Klimawandel.

Und so geht's weiter ...

WEITER-VERARBEITUNG

Der Name sagt es bereits, ein Fertiggericht ist so gut wie fertig und in der Küche einfach zuzubereiten. Umso schwieriger ist es in der Herstellung. Lebensmittel, die unterschiedliche Garzeiten haben, müssen ja so vorbereitet werden, dass sie alle gleichzeitig essbar sind. In den Fabriken wird gefriergetrocknet, sprühgetrocknet, gebacken und gleich wieder tiefgefroren, alles in aufwendigen Prozessen. Häufig enthalten Fertiggerichte mehr Salz, mehr Zucker, mehr Fett und Geschmacksverstärker, dafür weniger Vitamine, Eisen, Calcium und Ballaststoffe. Grund dafür sind die wenig schonenden Herstellungsprozesse.

SCHLECHT FÜRS KLIMA

Umso stärker Lebensmittel verarbeitet werden, umso mehr Energie verbraucht der Prozess, und dies wiederum belastet das Klima. Das gilt für alle Fertiggerichte und vor allem für Tiefkühlkost. Tiefgefrorene Lebensmittel sind besonders aufwendig, weil die Kühlkette niemals abreißen darf und sie auch während des Transports und der Lagerung immer tiefgekühlt bleiben müssen. Heute wird mehr Energie verbraucht, um Lebensmittel tiefzukühlen, als für ihre Produktion. Tiefgekühlte Pommes verursachen 23-mal so viel klimaschädliche Gase wie frische Kartoffeln, die man klein schneidet und im Ofen bäckt. Daher helfen frische und wenig verarbeitete Lebensmittel dem Klima und damit unserer Erde.

Brote in einer Großbäckerei

TÄGLICHES BROT

Die Kunden sind anspruchsvoll: Bäckereien müssen diverse Brot-, Brötchen- und Gebäcksorten vorrätig haben, täglich frisch gebacken. Großbäckereien setzen deshalb auf Backmischungen oder industriell vorgefertigte Rohlinge. Damit die Mischungen überhaupt in so großen Mengen verarbeitet werden können, werden Emulgatoren, Enzyme, Verdickungs- und Säuerungsmittel zugesetzt. Kleinere Handwerksbetriebe schaffen ein vielfältiges Angebot meist auch nur, wenn sie einen Teil ihrer Ware mit Mischungen backen. Backmischungen stellen nur wenige Betriebe her, das führt dazu, dass Kornspitz und Co. überall gleich, bestenfalls ähnlich schmecken.

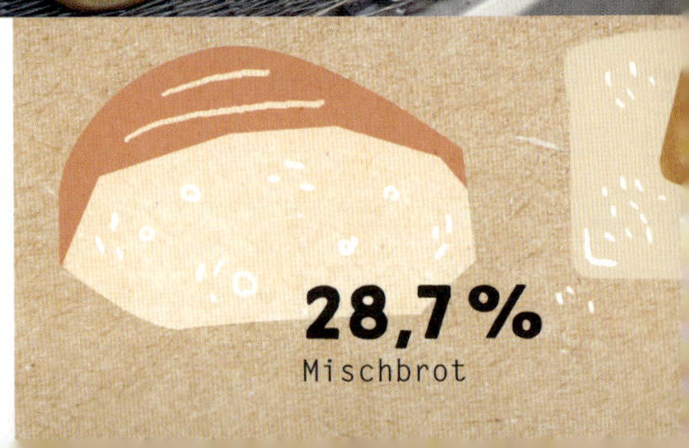

FLEISCHVERARBEITUNG

Bevor Fleisch z. B. zu Wurst oder Schinken verarbeitet wird, muss ein Tier geschlachtet werden. Dafür gibt es strenge Auflagen, die nur Schlachtereien oder Schlachthöfe erfüllen. Sehr selten schlachten Metzgereien selbst. In den kleineren Betrieben wird »handwerklich« geschlachtet. Dazu gehört, dass das Tier nicht weit transportiert wird und dass es vor der Schlachtung ruhig und ohne Stress seine letzten Minuten verbringen kann. Ein Metzgermeister begleitet das Tier von Anfang an, bis es komplett in seine Bestandteile zerlegt ist. In Großbetrieben geht es dagegen wie am Fließband zu: Die einzelnen Arbeiten werden von unterschiedlichen Menschen durchgeführt, die Prozesse sollen möglichst schnell ablaufen, damit die Schlachtkosten pro Tier möglichst gering sind.

Arbeiterin in einem Schlachthof (rechts)

Wurstproduktion (unten)

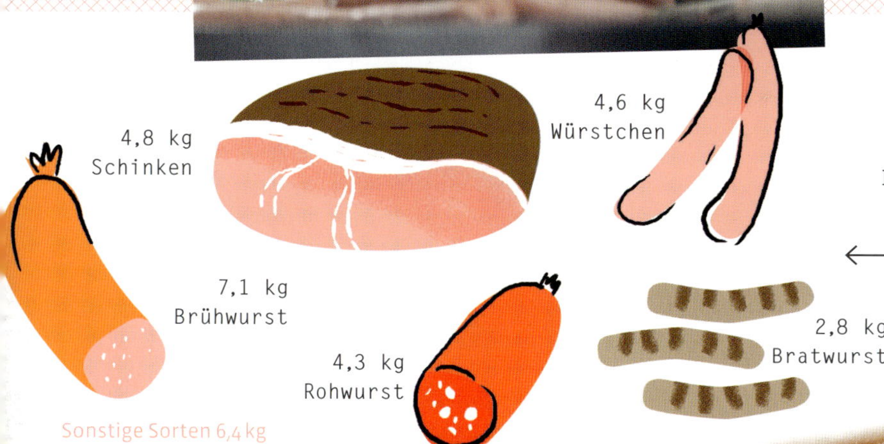

Im Schnitt isst jeder Deutsche um die **30 KILOGRAMM** Aufschnitt pro Jahr.

Und so sieht es aus in

DEUTSCHLANDS BROTKÖRBEN

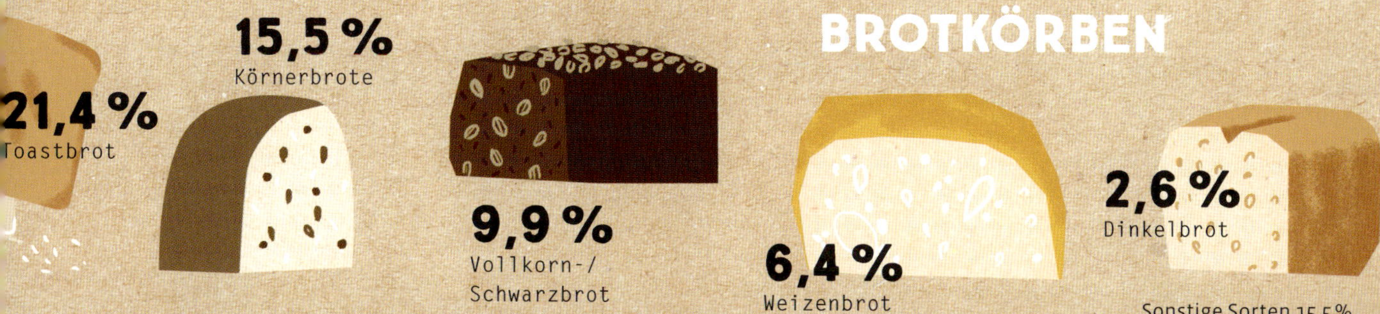

VERPACKUNGS-WAHNSINN!

Vieles, was zum Lebensmittelangebot von Supermärkten gehört, ist verpackt, manches mehrfach. Viele der Verpackungen können nur ein einziges Mal verwendet werden und wandern sofort in den Müll. Der Müllberg wächst und wächst, wobei es ganz einfach ist, etwas weniger Müll beim Einkauf zu produzieren.

UNVERPACKT-LADEN

Genügend Unverpackt-Läden gibt es noch nicht, aber es werden mehr. In diesen Läden kann man alles lose einkaufen, so wie früher in den Kramerläden. In großen Behältnissen werden Nudeln, Reis, Hülsenfrüchte, Süßigkeiten, Kaffee, Tee, aber auch Seifen, Putzmittel, Haarshampoo angeboten. Kunden bringen ihre eigenen Gefäße mit und können sich genau so viel abfüllen, wie sie brauchen. Ebenfalls ein großer Vorteil, es wird nämlich weniger weggeschmissen. Der mitgebrachte Behälter wird leer gewogen, sodass man am Ende wirklich nur für die Ware bezahlt. Und hat man mal die Gefäße vergessen oder zu wenige dabei, dann kann man gegen Pfand im Unverpackt-Supermarkt welche leihen oder kaufen.

Eigene Behälter mitzubringen, spart viel Müll.

KREISLAUF DER ABFÄLLE

Am besten ist es natürlich, Abfall zu vermeiden. Da das nicht immer geht, wird versucht, die Abfälle in der sogenannten Kreislaufwirtschaft zu verwerten. Das bedeutet, man verwendet möglichst viele Abfälle wieder, damit nicht immer neues Material in den Stoffkreislauf eingeführt werden muss. Jeder von uns fabriziert mit seinen Einkäufen 220,5 Kilogramm Verpackungsmüll pro Jahr. Damit sind wir Spitzenreiter in Europa und liegen ca. 45 Kilogramm über dem europäischen Durchschnitt. Das entspricht 1286 leeren Milchkartons, und das ist einfach zu viel!

TIPPS FÜR DEN SUPERMARKT

Pfandglas: Joghurt oder Milch gibt es statt im Plastikbecher oder dem Verbundkarton in Gläsern und Flaschen. Sie können immer wieder verwendet werden.

Mehrwegflaschen: Du kannst Mehrwegflaschen an Siegeln und am Flaschenpfand erkennen.

Wasser aus dem Hahn: Wasser aus Einweg-Plastikflaschen zu trinken, muss gar nicht sein. In den meisten Regionen Deutschlands kommt bestes Trinkwasser aus dem Hahn.

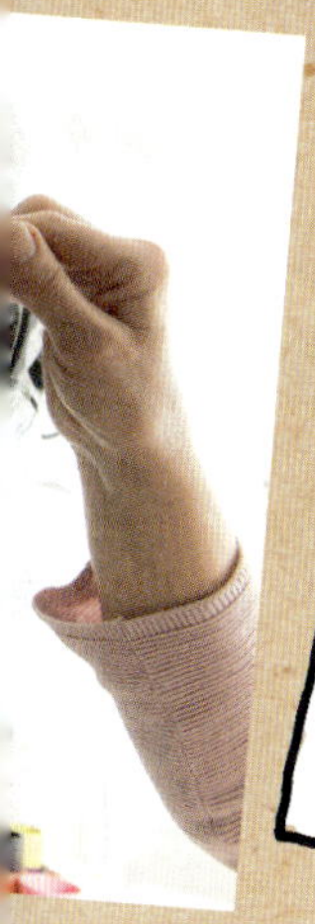

Frischetheke: Abgepackter Käse, abgepackte Wurst oder abgepacktes Obst müssen nicht sein. In den meisten Supermärkten gibt es eine Frischetheke, die unverpackte Ware anbietet.

Stoff statt Plastik: Nimm Stoffbeutel mit, um nicht jeden Einkauf in Plastiktüten packen zu müssen.

Keine Fertigprodukte: Fertigprodukte haben meist mehrere Umverpackungen, außen einen Karton, dann eine Plastikfolie oder eine Aluschale etc.; lieber die Gerichte aus frischen Zutaten zubereiten.

Mehrfachverpackungen: Häufig sind Süßigkeiten mehrfach verpackt: außen herum ein Karton, innen jede Schokokugel einzeln verpackt oder eine Tüte Gummibärchen, in der viele kleine Tüten mit vorportionierten Bärchen stecken. Damit produziert man viel mehr Plastikmüll als mit einer großen Tüte.

To go: Salate oder Vorspeisen stehen in den Kühlregalen der Supermärkte, inklusive Plastikbesteck kann man sie als fertige Zwischendurch-Mahlzeit mitnehmen. Besser ist es, die Mahlzeiten selbst zuzubereiten und auf einem eigenen Teller mit eigenem Besteck zu essen.

DER GOLDENE GEIER

Der Goldene Geier ist ein Preis, der von der Deutschen Umwelthilfe für die absurdeste Plastikverpackung vergeben wird. Melonen und Granatäpfel haben eine dicke Schale. Überall findet man aber einzelne Melonenstückchen oder bereits ausgelöste Granatapfelkerne in übergroßen Plastikverpackungen, beide könnten Anwärter für den Preis sein.

Wer bekommt den Goldenen Geier?

Hier kannst du nachschauen:
https://www.duh.de/goldenergeier/

SIEGEL-SICHERHEIT

Je mehr man über Lebensmittel weiß, desto schwieriger wird die Entscheidung für oder gegen ein Produkt. Um den Verbrauchern ein bisschen Hilfestellung bei ihrem Weg durch die vollen Regale zu geben, wurden Siegel geschaffen. Sie werden nur vergeben, wenn bestimmte Standards bei Anbau, im Umgang mit den Produzenten oder bei den Handelsbedingungen eingehalten werden.

FISCH AUS WILDFANG

Das MSC-Siegel, das für Marine Stewardship Council steht, wird ausschließlich für Fisch und Meeresfrüchte aus Wildfang vergeben. Geprüft werden Fischereibetriebe rund um die Erde. Das Siegel bekommen nur Fischereien, die:

ZERTIFIZIERTE NACHHALTIGE FISCHEREI MSC www.msc.org/de ™

so fischen, dass der Fischbestand in gutem Zustand bleibt und nicht überfischt wird.

schonend fischen und darauf achten, dass der Meeresboden nicht verletzt wird. Auch Beifang darf nicht in großen Mengen anfallen (s. S. 26/27).

von Personen geleitet werden, die immer darauf achten, dass das Meer und die Tiere darin nachhaltig behandelt werden. Ändern sich Umweltbedingungen, dann müssen diese Personen in der Lage sein, schnell darauf zu reagieren.

EU-Bio-Logo

Bio nach EG-Öko-Verordnung

deutsches Bio-Siegel

STAATLICHE BIO-KENNZEICHEN

Es gibt ein europäisches und ein deutsches Bio-Kennzeichen, das EU-Bio-Logo und das deutsche Bio-Siegel. Für beide Bio-Kennzeichen müssen die Produzenten die gleichen Anforderungen erfüllen. Auf verpackten Produkten MUSS das EU-Bio-Logo abgebildet werden, das deutsche Bio-Siegel hingegen KANN abgebildet werden. Gekennzeichnet werden Produkte aus kontrolliert biologischem Anbau. Anders sieht es bei der losen Ware aus, die Kennzeichnung ist dort freiwillig.
Mindestens einmal jährlich werden für diese Kennzeichen nicht nur die Erzeuger der Lebensmittel, sondern auch die Betriebe, die die Lebensmittel lagern und weiterverarbeiten, besucht und überprüft.

Ein Siegel garantiert bestimmte Richtlininen

Kaufst du eine Bio-Pizza »Hawaii«, dann werden alle Betriebe kontrolliert, die Anteil an der Pizza haben:

Die Bauern, die das Korn für das Pizzamehl, die Tomaten, die Ananas angebaut haben. Aber auch diejenigen, die die Tiere für den Käse und für den Schinken gehalten haben.

Der Müller, der das Getreide zu Mehl gemahlen, der Käser, der aus der Milch den Käse hergestellt, der Metzger, der aus dem Rind einen Schinken gemacht hat, und derjenige, der die Ananas nach Deutschland eingeführt hat.

Der Betrieb, der aus all den Zutaten die Pizza backt.

Zeichen der privaten Öko-Anbauverbände

NATURLAND

Ökologischer Landbau ist eine Selbstverständlichkeit für dieses Kennzeichen. Deshalb sind alle Voraussetzungen für das deutsche Bio-Siegel und das europäische EU-Bio-Logo erfüllt. 1982 wurde der Verein Naturland gegründet und er hat sich ab diesem Zeitpunkt stetig weiterentwickelt. In 58 Ländern gibt es Produzenten, die nach Naturland-Leitlinien arbeiten. Das Besondere an Naturland ist, dass ökologische Prinzipien nicht alleine zur Nutzung des Kennzeichens führen. Es wird auch auf Fairness im Handel Wert gelegt und auf einen sozialen Umgang mit den Menschen, die die Waren produzieren. Kinderarbeit, die die Gesundheit oder Entwicklung des Kindes beeinträchtigt, ist ausgeschlossen. Weil Kinder in den ärmeren Ländern oft einen Beitrag zum Familieneinkommen leisten, dürfen sie dennoch im elterlichen Betrieb oder bei den Nachbarn mitarbeiten. Arbeit unter menschenunwürdigen Bedingungen darf aber keinesfalls sein.

BIOLAND

Auch das Bioland-Zeichen geht mit seinen Anforderungen über die der staatlichen Bio-Kennzeichen hinaus. Der organisch-biologische Landbau wird durch den Verband unterstützt und gefördert. Die Mitglieder führen ihre landwirtschaftlichen Betriebe so, dass Klima- und Umweltschutz, die Artenvielfalt bei Pflanzen und Tieren immer im Blick behalten werden. Viele kleine und große Flächen mit unterschiedlichen und sich abwechselnden Sorten werden bewirtschaftet, keine einförmigen Großflächen.

FAIRTRADE

Die Menschen, die die Grundstoffe für Fairtrade-Waren herstellen, arbeiten unter fairen Bedingungen und bekommen faire Preise für ihr Produkt bezahlt. Natürlich wird auch auf Umweltschutz geachtet, sozusagen auf Fairness für das Öko-System. Bekommt das Siegel ein Produkt, das aus verschiedenen Teilen besteht, z. B. aus Nüssen und Schokolade, dann müssen beide Einzelteile unter Fairtrade-Bedingungen produziert worden sein.

Kennst du ein
Frühstück aus einem
anderen Land?

Was isst du am liebsten zum Frühstück?

Und was isst deine Oma am liebsten?

WAS DER KÖRPER WIRKLICH BRAUCHT!

Zum Klettern braucht man Energie.

Rund 50 verschiedene Nährstoffe braucht der Körper, um gesund zu bleiben. Die holt er sich aus der Nahrung. Den Rest davon verbrennt er, um Energie zu gewinnen. Die Grundfunktionen wie Herzschlag, Atmung, Verdauung und Bewegung verbrauchen ca. 40 % der Energie, die Temperaturregulation ca. 50 %.

FETT

Fett in Maßen ist wichtig, 60 bis maximal 80 g. Es hat viele Aufgaben im Körper:

Unsere Organe sind umgeben von Organfett, das sie in der richtigen Position im Bauchraum hält. Es ist sehr fest.

Als Energiereserve hat Fett ebenfalls Bedeutung: Bekommt man länger nichts zu essen oder treibt Sport, werden Fette aufgespalten und in Energie umgewandelt. Sie sind im Unterhaut-Fettgewebe gespeichert, es dient als Wärmeschutz und bewahrt Organe vor Verletzungen.

Fett ist Nervennahrung, sagt man, und tatsächlich ist es ein wichtiger Bestandteil des Nervensystems.

In den Membranen, die unsere Zellen umgeben, ist ebenfalls Fett zu finden.

Fett kann die Vitamine A, D, E, K und Carotin lösen. Deshalb kommt in einen frisch gepressten Saft ein Tropfen Pflanzenfett.

VITAMINE

Man kann sie in zwei Gruppen einteilen, in die wasserlöslichen und die fettlöslichen. Fettlösliche können im Körper gespeichert werden, vor allem in der Leber. Die wasserlöslichen müssen jeden Tag neu zugeführt werden. Ganz kleine Mengen an Vitaminen reichen dem Körper schon. Er braucht sie, um biochemische Abläufe zu steuern und um wichtige Substanzen selbst herzustellen. Bekommt der Körper keine Vitamine, dann erkrankt er schwer. Das ist früher bei langen Schiffspassagen immer wieder passiert, wenn kein frisches Obst oder Gemüse mehr an Bord war. Fehlt dem Körper über einen längeren Zeitraum Vitamin C, dann spielt der Stoffwechsel verrückt, das kann bis hin zum Tod führen. Die Seefahrerkrankheit heißt übrigens Skorbut.

← Calcium steckt z.B. in Brokkoli.

MINERALSTOFFE

Auch die Mineralstoffe kann der Körper nicht selbst herstellen. Er braucht sie aber, um Zähne, Knochen, Gewebe und Zellen aufzubauen. Ernährt man sich ausgewogen, dann werden dem Körper genügend Mineralstoffe zugeführt. Die wichtigsten sind Magnesium, Calcium und Kalium.

EIWEISS

Unsere Muskeln brauchen Eiweiß, aber nicht nur sie: auch Knochen und Zellen, unser Blut und Organe. Außerdem transportiert Eiweiß lebenswichtige Stoffe durch unseren Körper. Es steckt nicht nur im Ei, sondern auch in Milchprodukten, Fleisch, Fisch, Hülsenfrüchten, Getreide, Kartoffeln oder Nüssen. Proteine, so wird das Eiweiß auch genannt, haben viele Aufgaben:

Sie reparieren Zellen,

Bindegewebe und Knorpel werden unter anderem von ihnen gebaut, 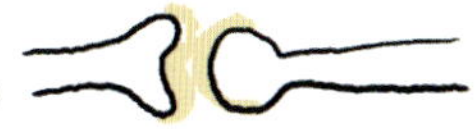

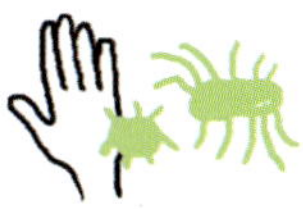

sie helfen, gesund zu bleiben, und wehren Krankheitserreger ab,

Nägel und Haare brauchen sie, 

nur dank ihnen können unsere Muskeln gut arbeiten und sie transportieren Fett und Sauerstoff durch den Körper.

BALLASTSTOFFE

Der Name sagt es schon, diese Stoffe werden als »Ballast« durch den Körper geschleppt und sind trotzdem sehr wichtig! Ballaststoffe kommen in pflanzlicher Nahrung vor, in Obst, Gemüse, Körnern. Sie sind unverdaulich. Durch sie ist die Nahrungsmenge im Darm größer, so fühlen wir uns länger satt. Und sie helfen, unsere Verdauung sozusagen am Laufen zu halten, sie verbessern den Nahrungstransport.

KOHLENHYDRATE

Kohlenhydrate liefern Energie. Bekommt der Körper über einen längeren Zeitraum keine Kohlenhydrate, dann fühlt man sich müde und zittrig. Auch die Konzentration lässt nach, denn das Gehirn verbraucht viele Kohlenhydrate und kann sie selbst nicht speichern. Wie viel Kohlenhydrate man zu sich nehmen sollte, hängt stark davon ab, ob man körperlich arbeitet oder nicht.
Für die Gesundheit ist es am besten, Kohlenhydrate mit vielen Ballaststoffen zu sich zu nehmen: Vollkorngetreide, Hülsenfrüchte, Gemüse oder Obst eignen sich dafür. Denn um die Kohlenhydrate aus den Nahrungsmitteln zu lösen, muss der Körper arbeiten. So steigt der Blutzuckerspiegel nur langsam an.
Isst man Süßigkeiten, dann gelangen »schlechte« Kohlenhydrate in Form von Zweifachzuckern in den Körper. Sie können ganz schnell aufgespalten werden, allerdings sinkt der Blutzuckerspiegel schnell wieder ab, und man müsste das nächste Stückchen Schokolade, das nächste Gummibärchen essen, was natürlich nicht gut für die Gesundheit ist.

In Süßigkeiten sind zwar auch Kohlenhydrate enthalten, sie machen jedoch nicht lange satt.

WIE DER TOAST IN DIE TOILETTE WANDERT

Nahrung enthält alles, was der Körper braucht, um zu überleben: Nährstoffe und Energie. Im Körper gibt es immer Energiefresser: Zellen müssen erneuert werden, die Körpertemperatur sollte gleich bleiben und das Hirn genügend Nahrung zur Verfügung haben, damit es denken kann. Damit alles, was wir essen, möglichst wirkungsvoll in seine Bestandteile zersetzt werden kann, muss die Nahrung einige Stationen durchlaufen.

MEHR ALS MECHANIK

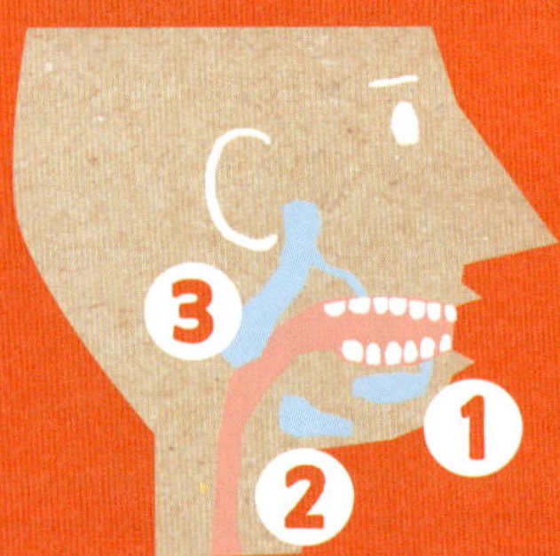

1 Unterzungendrüsen
2 Unterkieferdrüsen
3 Ohrspeicheldrüsen

Der Mund ist das Tor zum Körper. Beißt du in einen Käsetoast mit Tomaten hinein, zerkleinerst du ihn zunächst in grobe Stücke, die beim Kauen immer kleiner gemahlen werden. Die Zunge hilft dabei und schiebt den feinen Nahrungsbrei in den Rachen, sodass er hinuntergeschluckt werden kann.

Unser Speichel wird in verschiedenen Drüsen produziert und spielt eine wichtige Rolle: Er weicht den Nahrungsbrei so auf, dass er geschluckt werden kann, und enthält Enzyme, die den Verdauungsvorgang bereits einleiten: eines, das Kohlenhydrate zerlegen kann, und eines, das Fette aufspaltet.

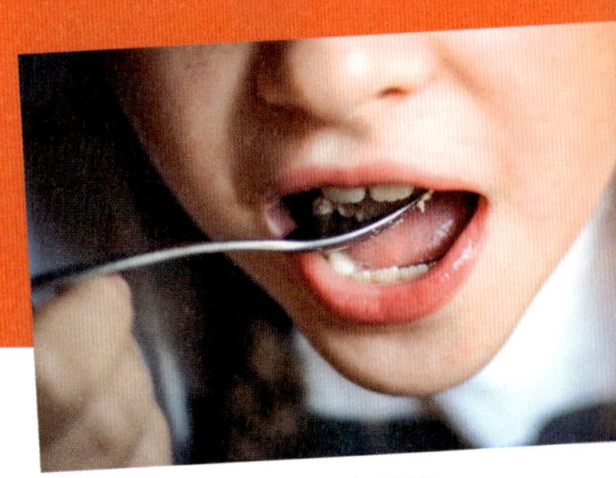

Das Essen gut zu kauen, hilft dem Körper.

DURCH DIE RÖHRE IN DEN MAGEN

Aus dem Mund gelangt der Toastbrei in den Magen, das geschieht über die Speiseröhre. Der Brei rutscht nicht, sondern wird von ringförmigen Muskeln um die Röhre hinuntergepresst.

Im Magen erwartet ihn wieder eine Flüssigkeit, der Magensaft. Zwei bis drei Liter davon produzieren wir an einem Tag. Dieser »Saft« enthält viel ätzende Salzsäure, die dabei hilft, Keime und Krankheitserreger, die über die Nahrung aufgenommen werden, abzutöten. Der Magensaft enthält auch viele Enzyme, sodass die Nahrung weiter in ihre kleinsten Bestandteile aufgespalten wird.

Der Magen ist ein Muskel, er verknetet Saft und Brei gut und gibt diese in kleinen Portionen an den Dünndarm weiter. Das steuert ein Muskel, der Pförtner heißt, weil er sozusagen die Tür des Magens zum Darm hin öffnet und schließt. Nur wenn der Speisebrei in kleinen Portionen abgegeben wird, kann der Darm richtig arbeiten.

Mund **4**
Speiseröhre **5**
Magen **6**
Leber **7**
Galle **8**
Bauchspeicheldrüse **9**
Dünndarm **10**
Dickdarm **11**
After **12**

GUTES TEAM

Mund, Magen, Dünn- und Dickdarm sind ein gut eingespieltes Team, das beinahe vollautomatisch arbeitet. Wir müssen uns nur um die Nahrungszufuhr und die Entsorgung kümmern.

2 X DARM

Der Darm ist in zwei Abschnitte aufgeteilt, den Dünn- und den Dickdarm. Je größer die Fläche des Dünndarms ist, desto besser können durch ihn die Vitamine aus der Tomate, die Kohlenhydrate aus dem Toastbrot und Fette und Eiweiß aus dem Käse aufgenommen und an das Blut abgegeben werden. Der Dünndarm liegt deshalb in ganz vielen Schlingen und ist im Inneren noch einmal in viele, viele Falten gelegt, die mit winzigen Fingern übersät sind. Das verschafft ihm eine Oberfläche von beinahe 40 m², was größer ist als die meisten Wohnzimmer. Beim Aufspalten des Speisebreis helfen dem Dünndarm die Leber und die Bauchspeicheldrüse, die ihre Säfte dazugeben.

Die Reste aus dem Dünndarm bekommt der Dickdarm ab. Auch er hat Helfer: 100 Billionen Bakterien, die beinahe alles, was bisher noch nicht verwertet wurde, zersetzen. Dabei entstehen Gase, die für unsere Pupse verantwortlich sind.

In beiden Darmabschnitten wird Wasser aus der Nahrung aufgenommen, das können täglich bis zu neun Liter sein.

AB IN DIE TOILETTE

Über den Mastdarm, der noch ein Teil des Dickdarms ist, gelangt der letzte Rest in den After und dann von dort in die Toilettenschüssel. Dieser letzte Teil des Darms ist ebenfalls von Muskeln umgeben; die können wir allerdings bewusst steuern, damit wir es in der Hand haben, wann wir auf die Toilette gehen.

UND TSCHÜS

ERNÄHRUNGS-FORMEN

So verschieden, wie die Menschen auf der Erde sind, so verschieden sind ihre Ernährungsformen. Manche Menschen müssen aus gesundheitlichen Gründen auf bestimmte Nahrungsmittel verzichten, andere tun es aus religiösen Gründen oder aus Verantwortungsbewusstsein den Tieren und der Umwelt gegenüber.

VEGETARIER

Fleisch, Fisch und Meeresfrüchte stehen bei Vegetariern nicht auf dem Speiseplan. Sie essen tierische Produkte, allerdings nur von lebenden Tieren. Das sind Milch, Eier und Honig und alles, was man daraus herstellen kann, wie Käse und Joghurt.

Lactovegetarier verzichten auf Eier, nehmen aber alle Produkte aus Milch, lateinisch *lac*, zu sich. Und umgekehrt essen die Ovovegetarier Eier, lateinisch *ovum*, und keine Milchprodukte.

PESCETARIER

Fisch, lateinisch *piscis*, wird von den Pescetariern gegessen. Fleisch hingegen nicht. Meeresfrüchte stehen ebenfalls auf dem Speiseplan, sodass man sagen kann, Pescetarier sind Fisch essende Vegetarier.

VEGANER

Wer vegan isst, verzichtet auf alle Nahrungsmittel von Tieren, auch auf die von lebenden Tieren. Doch der Veganismus ist nicht nur eine Ernährungsform, er schließt auch eine Lebensweise mit ein, die auf tierische Produkte verzichtet. Winterjacken oder Bettdecken mit echten Gänsedaunen gefüllt, Pullover aus Schafwolle oder Seife, die tierische Fette enthält, werden von Veganern nicht benutzt.

Veganer lehnen auch bei Kleidung, Schuhen, Taschen tierische Anteile ab. Statt Wolle oder Leder kann man z.B. Baumwolle verwenden.

Frutarier pflücken keine Äpfel, sondern warten, bis sie vom Baum fallen.

ROHKÖSTLER

Der Name sagt es schon: Diese Gruppe nimmt Rohkost zu sich und isst nichts, was auf über 40 °C erhitzt wurde. So bleiben Vitamine und andere Stoffe in den Lebensmitteln erhalten. Grundsätzlich werden von den Rohköstlern keine Lebensmittel ausgeschlossen, sie könnten auch rohen Fisch in Sushiqualität oder rohes Fleisch z. B. als Tatar essen. Die meisten Rohköstler sind allerdings Veganer.

FRUTARIER

Frutarier gehen in ihrem Ansatz noch weiter als die Veganer. Frutarier wollen nicht, dass für ihre Ernährung eine Pflanze geschädigt wird und leiden muss. Deshalb ernähren sie sich von Nüssen, Samen und Fallobst. Auf Pflanzen, die gemäht oder abgeerntet werden, verzichten sie.

FLEXITARIER

Flexitarier sind flexibel. Menschen, die diese Ernährungsform wählen, wollen hauptsächlich gesund und ausgewogen essen. Flexitarier essen alles, auch immer wieder einmal ein Stück Fleisch oder Fisch.

Milch- und Fleischprodukte bleiben in der jüdischen Küche streng getrennt.

HALAL

Gläubige Muslime ernähren sich halal, was »rein« oder »erlaubt« bedeutet. Verboten sind Schweinefleisch, Aas, Blut und alles, was berauschend ist, also Alkohol, aber auch Muskatnuss. Sie kann in großen Mengen genossen nämlich zu Halluzinationen und Bewusstseinsstörungen führen. Alle pflanzlichen Lebensmittel, bis auf diejenigen, die berauschen, sind halal. Fleisch ist bis auf Schweinefleisch erlaubt, wenn die Tiere rituell geschlachtet worden sind.

KOSCHER

Im Judentum gibt es ebenfalls Regeln für die Ernährung. Koscher bedeutet »geeignet« oder »rein«. Eine der wichtigsten Regeln für koscheres Essen lautet: Fleisch- und Milchprodukte müssen getrennt voneinander aufbewahrt, zubereitet und gegessen werden. Für beide Produktgruppen gibt es in Lokalen oder im Haushalt getrenntes Geschirr. Gemüse, Getreide und Obst sind »neutral«, sie dürfen mit Fleisch und mit Milchprodukten gegessen werden. Auch im Judentum gilt nicht jedes Fleisch als koscher. Erlaubt ist das Fleisch von Paarhufern, die auch Wiederkäuer sind: Kühe, Schafe und Ziegen. Enten, Gänse und Hühner und ihre Eier sind ebenfalls erlaubt. Schwein, Pferd, Kaninchen oder Hase werden nicht gegessen. Alle Tiere werden rituell geschlachtet.

AN JEDER ECKE FAST FOOD

Immer wenn der kleine Hunger kommt, ist ein Fast-Food-Restaurant in der Nähe: Kein Wunder! Über 13 Milliarden Euro werden im Jahr in Deutschland mit Fast Food umgesetzt. Das sind eine Menge Pizzas, Burger, Pommes und Softdrinks.

Pommes

Chicken Nuggets

Currywurst mit Pommes

Softdrink

BILLIGE BURGER

Wenn der Magen knurrt, schafft ein Burger Abhilfe. Ungefähr 1,50 € muss man dafür ausgeben und bekommt ganz schön viel: ein Brötchen mit gebratenem Rindfleisch, Zwiebel, Gurke, Ketchup, Senf und über 200 Kalorien. Klar, da greift man zu!

TEURER BURGER

Würde man in den Burger die Gesundheitskosten hineinrechnen, also die Kosten, die Übergewicht und Diabetes aufgrund falscher Ernährung verursachen, wäre er schon nicht mehr ganz so günstig. Ca. 25,7 Milliarden Euro allein in Deutschland müssen für Folgeerkrankungen durch Übergewicht aufgebracht werden. Ein Journalist in Amerika hat ausgerechnet, was dort pro Burger veranschlagt werden müsste: umgerechnet ca. 36 Cent. Soll das anfallende CO_2 (ohne Verpackung) noch ausgeglichen werden, müssten weitere ca. 40 Cent draufgelegt werden.

DIE ABFALLEIMER QUELLEN ÜBER

Pro Filiale fallen in Fast-Food-Restaurants im Jahr über 50 Tonnen Abfall an. Man fragt sich, warum Gerichte und Getränke nicht einfach auf Porzellantellern und in Gläsern serviert werden können und ausschließlich zum Mitnehmen Wegwerfverpackungen ausgegeben werden. Das hat mit den Abläufen in den Küchen zu tun, die dafür nicht eingerichtet sind. Deshalb bleibt nach jedem Restaurantbesuch ein großer Berg Papier und Karton auf dem Tablett zurück, für den viele Bäume gefällt werden.

IMMER GRÖSSER

Während der letzten drei Jahrzehnte sind die Portionsmengen in Fast-Food-Restaurants erheblich größer geworden. Hinzu kommen die XXL-Angebote, die oft für nur 50 Cent Aufpreis deutlich größere Portionen bieten. Studien zeigen, wenn viel auf dem Tisch steht, isst man mehr.

Jeder vierte Deutsche kauft **EINMAL PRO WOCHE** Fast Food.

HUNGERGEFÜHL AUSGETRICKST

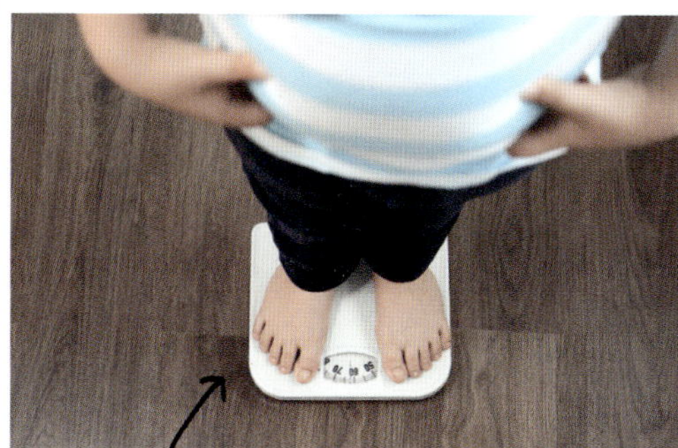

Eigentlich ist unser Körper so konstruiert, dass wir genau die richtige Menge Nahrung zu uns nehmen: Wir werden satt, aber nicht dick. Steht eine Mahlzeit auf dem Tisch, dann können wir nach den ersten Bissen abschätzen, wie viel uns genügt. Da Fast Food und Fertiggerichte mehr Kalorien haben, als wir abschätzen können, essen wir zu viel davon. Ca. 500 Kalorien mehr pro Tag nimmt man zu sich, wenn man sich ausschließlich von verarbeiteten Lebensmitteln oder Fast Food ernährt.

HOHES SUCHTPOTENZIAL

Isst man Fast Food, dann löst das im Gehirn ein Wohlgefühl aus, denn Zucker und Kohlenhydrate können schnell ins Blut gelangen. Je mehr Fast Food man zu sich nimmt, desto schneller möchte man dieses angenehme Gefühl wieder haben. Dieses Verhalten gleicht einem Suchtverhalten, das unweigerlich zu immer häufigeren Restaurantbesuchen führt und schließlich zu Übergewicht.

Wie schnell ist eigentlich Fast Food?

Und wie schnell bekommt man wieder Hunger nach einem Fast-Food-Menü?

WAS IST UNGESUND?

Was ist gesund, was ungesund? Es gibt ein paar wenige Lebensmittel, die tatsächlich ungesund sind. Und es gibt viele, die erst in der Menge nicht mehr als gesund angesehen werden, rotes Fleisch ist so ein Beispiel.

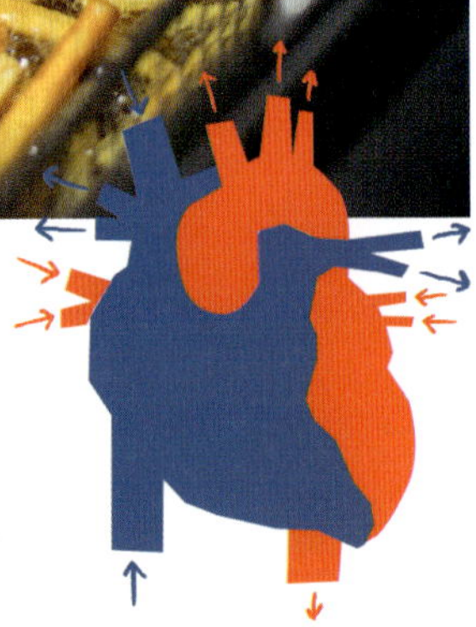

Das Herz versorgt den ganzen Körper mit sauerstoffreichem Blut. Erkrankt das Herz, kann das schwere Folgen haben.

TRANSFETTE

Transfette entstehen, wenn Fett oder Öl erhitzt wird. Allerdings nicht immer, das hängt stark von der Qualität des Öls bzw. Fetts ab und davon, bei welcher Temperatur und wie lange es heiß gemacht wird. Hohe Anteile Transfette finden sich in Fertiggerichten und in Fast Food, in Knabbereien wie Chips oder Erdnussflips und in Industriebackwaren. Mehr als 2,6 g Transfette sollte man am Tag nicht zu sich nehmen. Sie lassen den »schlechten« Cholesteringehalt im Blut ansteigen und sind somit für viele Herz-Kreislauf-Erkrankungen verantwortlich. Dänemark hat deshalb den Lebensmittel-Produzenten eine sehr geringe Menge dieser Fette in ihren Produkten vorgeschrieben. Das hat zu einem Rückgang von beinahe 700 Todesfällen pro Jahr in Folge von Herz-Kreis-Erkrankungen geführt.

INDUSTRIELL VERARBEITETES UND ROTES FLEISCH

Verarbeitetes Fleisch, das sind Würste und Schinken. Das Fleisch wird gepökelt, geräuchert oder auf andere Weise haltbar gemacht. Würsten werden oft noch Farbstoffe, Geschmacksverstärker oder Konservierungsmittel zugesetzt. Rotes Fleisch sind Lamm, Schwein, Kalb und Rind. Beides, das verarbeitete und das rote Fleisch, können das Risiko erhöhen, an Darmkrebs zu erkranken. Doch in diesem Fall macht es die Menge. Hält man sich an die Vorgaben der Deutschen Gesellschaft für Ernährung und isst nicht mehr als maximal 80 g pro Tag, dann dürfte sich das Risiko nicht erhöhen. Ganz genau kann diese Frage allerdings immer noch nicht beantwortet werden.

Zu viel Limonade kann eine Krankheit namens Diabetes verursachen.
Sogar bei Kindern.

ENERGY DRINKS

Energie versprechen Energy Drinks! Über lange Zeit wach, munter und konzentriert sein, das hilft bei den Hausaufgaben und beim Feiern. Doch gesund sind sie nicht, die Muntermacher. Sie enthalten sehr viel Zucker, bis zu 12 Stück können in einer kleinen Dose stecken. Der Zucker liefert schnell Energie, er wird genauso schnell wieder abgebaut. Viel Koffein steckt auch in den Getränken: Das tut dem Herz-Kreislauf-System gerade von Kindern und Jugendlichen nicht gut. Übelkeit, Zittern und Angstzustände können die Folge sein. Mehr als 150 mg Koffein sollte man bei einem Körpergewicht von 50 Kilogramm auf keinen Fall zu sich nehmen, da sind 2 Dosen Energy Drinks schon zu viel!

Man sollte nicht mehr als
80 GRAMM PRO TAG
rotes Fleisch oder Wurst essen.

SOFTDRINKS

Viele Hersteller von Softdrinks haben mit ihren Werbekampagnen junge Menschen als Zielgruppe. Wer täglich und regelmäßig ein bis zwei Dosen eines der sehr zuckerhaltigen Getränke zu sich nimmt, tut nichts Gutes für seine Gesundheit. Übergewicht und Karies können Folgen des vielen Zuckers sein, aber auch Diabetes. Selbst der Deutsche Gesundheitsbericht Diabetes hält den Zusammenhang zwischen zuckerreichen Getränken und der Erkrankung für »überzeugend belegt«.

»Light« heißt nicht unbedingt gesünder.

LIGHTPRODUKTE

Steht auf einer Packung Kekse oder Müsli »30 % weniger Zucker«, dann lohnt es sich, genau hinzusehen. Denn die 30 Prozent beziehen sich ausschließlich auf die sogenannten Einfachzucker. Meist enthalten die vermeintlich »gesünderen« Produkte genauso viel Zucker, zum Teil sogar mehr, als der normale Keks oder das Müsli. Auch fettreduzierte Produkte sind nicht gesünder. Fruchtjoghurt zum Beispiel mit einem geringen Fettgehalt enthält häufig deutlich mehr Zucker als der Joghurt mit normalem Fettgehalt. Fett ist ein Geschmacksträger. Ist weniger Fett im Joghurt, dann muss der Geschmack mit einer anderen Zutat erreicht werden, meist mit Zucker.

HEUTE GIBT'S GESUND

Die Qual der Wahl beginnt schon beim Frühstück und zieht sich über alle Mahlzeiten des Tages hinweg: Was esse ich bloß? Viele, viele Produkte sind verfügbar, sodass wir immer auch die Entscheidung für Gesundes und gegen weniger Gesundes haben.

ENERGIE FÜR DEN TAG

Müsli und Müsliriegel liefern Energie und sind, kauft man sie fertig, sehr zuckerlastig! Zunächst gibt der Zucker dem Körper einen Energieschub, doch der Zuckerspiegel fällt schnell, dann kommen Müdigkeit und Hunger. Kein Problem, denn Müsli und Müsliriegel macht man ganz leicht selbst.

WAS KANN ALLES IN EIN MÜSLI?

Hafer-, Roggen-, Reis- oder Hirseflocken

Kürbis-, Sonnenblumen-, Haselnuss-, Walnuss- oder Pinienkerne

Süßen mit Trockenobst, wie z.B. Aprikosen, Sauerkirschen oder Rosinen. Honig, o.Ä. ganz nach Geschmack, wenn möglich nicht zu viel davon.

Damit man nicht jeden Tag von Neuem mischen muss, fertigt man gleich mehrere Portionen. In einem verschlossenen Gefäß hält das Müsli nämlich bis zu 2 Wochen. Dazu gibt´s Milch, Kefir, Joghurt oder einen Fruchtsaft.

MÜSLIRIEGEL

Den Backofen auf 180 Grad vorheizen. Ca. 90 g gemischte Nüsse und Kerne, 150 g Trockenobst, 100 g Flocken nach Geschmack mit einer Prise Salz in einem Mixer zerkleinern. Anschließend mit drei bis vier Esslöffeln Honig gut vermengen. Auf einem mit Backpapier ausgelegtem Blech verstreichen und 30 Minuten backen. Noch warm in Riegel schneiden und gut auskühlen lassen.

GEGEN DEN DURST

Fruchtsaft, das hört sich gesund an. In den meisten fertig abgefüllten Säften befinden sich aber kaum Vitamine und Nährstoffe. Sie gehen während des Fertigungsprozesses verloren. Was erhalten bleibt, ist jede Menge Fruchtzucker. Wer auf Säfte nicht verzichten möchte, der sollte selber frisch pressen. Und wenn keine Saftpresse zur Hand ist, dann gibt es aromatisiertes Wasser.

WEISS ODER VOLL?

Ein knuspriges Toastbrot oder ein duftendes Baguette – herrlich. Zu viel Weißbrot sollte nicht auf dem Speiseplan stehen. Es enthält weniger Mineralstoffe und Vitamine als Vollkornbrote. Star unter den Vollkornbroten ist das Roggenbrot. Es liefert viele Vitamine, Mineralstoffe und Ballaststoffe.

OBST!

Ein Schälchen mit Apfel- oder Birnenschnitzen und ein paar Beeren dazu, so fällt es leicht, zwischendurch Obst zu essen.

GEMÜSE?

Mit Gemüse kann man viel mehr anstellen, als es nur zu kochen. Auberginenscheiben in Mehl gewendet und in Olivenöl gebraten ,schmecken so gut wie ein Schnitzel. Hähnchenstücke in einem knusprigen Zucchinimantel sind bessere Nuggets. Es gibt viele Arten, Gemüse zu verarbeiten, garantiert sind damit Mineralstoffe und Vitamine, genau das, was der Körper braucht.

LUST AUF SÜSSES

Immer wieder einmal überfällt einen diese Lust nach etwas Süßem. Frisches Obst oder frische Beeren sind eine gesunde Möglichkeit, dem Körper Zucker zuzuführen. Getrocknetes Obst ebenfalls, allerdings ist in Trockenobst mehr Fruchtzucker als in frischem. Wenn es richtig knuspern soll, dann macht man sich am besten eine Schale Popcorn. Da weiß man genau, wie viel Zucker und Fett an den Maiskörnern kleben. Das geht schnell und ist ganz einfach.

Jeden zweiten Tag Fleisch zu essen, ist vollkommen ausreichend.

FLEISCH

Eiweiß, Eisen, Vitamine und Mineralien, also wertvolle Nährstoffe, finden sich im Fleisch. Gerade Eiweiß ist sehr wichtig für unseren Körper. Da das tierische Eiweiß unserem sehr ähnlich ist, kann es besonders leicht aufgenommen werden. Zu viel sollte man allerdings nicht davon essen. Wenn Fleisch jeden zweiten Tag in einer Mahlzeit enthalten ist, dann ist das vollkommen ausreichend. Als gesünder wird das helle Fleisch, also das von Geflügel, angesehen. Zu viel rotes Fleisch kann Krebserkrankungen und Herz-Kreislauf-Erkrankungen begünstigen. Biofleisch ist auf alle Fälle dem aus herkömmlicher Haltung vorzuziehen (s. S. 24/25). Nicht nur weil es den Tieren meist besser geht, sondern auch weil sie nicht vorsorglich Medikamente bekommen. Die würden wir nämlich mitessen.

EINKAUFS-KUNDE

Am besten verlässt man sich beim Einkaufen auf die eigenen Sinne: Sehen, Riechen und Tasten. Dann erkennt man schnell, ob ein Gemüse schon halb vertrocknet ist oder ob der Fisch eine lange Reise hatte, bis er in die Theke kam. Leider ist das bei verpackter Ware nicht möglich.

GEMÜSE

Riecht Gemüse muffig oder wie ein Komposthaufen, ist es nicht mehr frisch. Betrachtet man die Schnittfläche z. B. von einem Salat, einem Pilz oder einer Aubergine, sieht man sofort, wie es um die Ware steht. Ist die Schnittfläche grau und sind die Ränder schon gewellt, war der Transportweg zu weit. Prall und noch gut mit Wasser angereichert, so schmeckt Gemüse am besten.

OBST

Die meisten Obstsorten haben schöne Farben. Beginnen diese Farben zu verblassen, ist das ein Hinweis, dass das Obst zu lange liegt. Druckstellen und Verfärbungen weisen ebenfalls darauf hin. Frisches Obst riecht so gut, dass man am liebsten gleich hineinbeißen würde. Drückt man frisches Obst leicht, dann fühlt es sich prall an.

GEWÜRZE

Gewürze haben einen sehr intensiven Geruch und leuchtende Farben. Sind sie blass, dann sind sie meist überlagert und haben keinen ausgeprägten Geschmack mehr. Gewürze kauft man idealerweise nicht als Pulver, sondern als Kapsel, Korn oder Faden. Die Hüllen der Gewürze wirken wie ein Aromatresor. Zerstößt oder zermahlt man sie erst kurz vor dem Kochen, entfalten sie sich am schönsten.

MILCH

Schwimmen Klumpen in der Milch und riecht sie sauer, dann ist die Milch verdorben. Milchpackungen, die sich nach außen wölben, sind ein sicheres Anzeichen dafür, dass die Milch sauer geworden ist.

Um gute Ware zu kaufen, muss man genau hinschauen, riechen und fühlen.

KRÄUTER

Für Kräuter gibt es eine einfache Regel: schauen, schütteln und riechen. Sieht man keine gelben welken Blätter, fallen keine Blättchen ab, wenn man den Bund schüttelt, und riechen die Kräuter auch noch intensiv und frisch, dann kann man sie ohne zu zögern kaufen.

FLEISCH

Fleisch hat einen neutralen Geruch; riecht es stark, sollte man es keinesfalls kaufen. Außerdem verliert Fleisch keine Flüssigkeit. Nässt es stark oder liegt es in viel Flüssigkeit, kann man davon ausgehen, dass es aufgetaut wurde. Weich oder schwammig sollte sich Fleisch nicht anfühlen, wenn man daraufdrückt. Rindfleisch ist dunkelrot, Schweinfleisch rosa glänzend, Lamm hat eine hellrote bis rote Färbung, Wildfleisch kann schon fast dunkelbraun wirken. Marmoriertes Fleisch, also Fleisch, das von Fett durchzogen ist, hat einen intensiveren Geschmack.

FISCH

Frischer Fisch riecht nicht, er duftet nach Meer und Salzwasser. Seine Augen sind klar, die Kiemen rot und sein Schuppenkleid glänzend und von einer Schleimschicht überzogen. Drückt man den Fisch etwas, bleiben keine Dellen im Fleisch zurück, es nimmt gleich wieder seine ursprüngliche Form an.

Eier-Test

EIER

Man hofft immer, dass man frische Eier eingekauft hat. Ist man sich nicht sicher oder hat man vergessen, wie lange die Eier schon im Kühlschrank sind, dann gibt es einen einfachen Trick, um herauszufinden, wie es um das Ei steht:
Man füllt ein Glas mit Wasser.
Dann lässt man das Ei langsam hineingleiten.
1 Bleibt es am Boden liegen, ist es frisch. **2** Bleibt es am Boden, richtet sich aber auf, dann sollte es bald gegessen und gut gegart werden. **3** Schwimmt es an die Oberfläche, ist es verdorben und darf nicht mehr gegessen werden.

Warum ist das so:
Je länger ein Ei liegt, desto mehr Wasser entweicht aus dem Dotter durch die Schale und es bildet sich eine Luftblase im Ei. Je mehr Luft im Ei ist, desto eher kann es schwimmen.

IMPRESSUM

Bildnachweis
© stock.adobe.com: 3dmavr; Aaron Amat; Africa Studio; ALF photo; alhontess; Alik Mulikov; Alinsa; andregric; Arundhati; atoss; baibaz; Benjamin Klingebiel; BetterStock; bit24; bjphotographs; boomeart; Bruno Barracuda; by-studio; cabecademarmore; Carola Schubbel; Coprid; cynoclub; Daniel Berkmann; Denis Gladkiy; domnitsky; dubravina; Dudarev Mikhail; EdNurg; Ekaterina; Elena Schweitzer; Eric Isselée; Evgeny; exclusive-design; eyetronic; flashpics; gallinago_media; GCapture; Gerhard Seybert; guerrieroale; Hallgerd; Hanoi Photography; Himmelssturm; indigolotos; IngridHS; innafoto2017; jenesesimre; Joe Gough; Joop Hoek; k_zhuravleva; kaiskynet; katyspichal; kireewongfoto; kjekol; kuarmungadd; laplateresca; Leonid Nyshko; liubovyashkir; lmanju; luisrsphoto; Lunatictm; malkovkosta; Mara Zemgaliete; margo555; Mari_art; mariusltu; mates; max dallocco; mhatzapa; monticellllo; mraoraor; my_stock; Natika; New Africa; Nik_Merkulov; NilsZ; nito; Olga; olgakok; oxie99; pavelvozmischev; Pavlo Kucherov; PerfectLazybones; pingebat; pixelrobot; Pixel-Shot; pololia; Popova Olga; Rawpixel.com; rcfotostock; Riccardo Niels Mayer; salomonus_; Sashkin; SemA; Seventyfour; Shablon; Shawn Hempel; shocky; Silvia Bogdanski; singkham; Siriporn; sommai; Stanislaw Mikulski; steuccio79; stockphoto mania; tarasgarkusha; TETIANA; toa555; tong2530; vectorplus; Vera Kuttelvaserova; Viesturs; vitals; Wavebreakmedia-Micro; Werner; whitcomberd; yaisirichai; zaikina; Любовь Переславцева

Sonstige:
Pixabay: RitaE
© Shutterstock: Alex Tihonovs / Shutterstock.com
© Universität für Bodenkultur, Wien
Unsplash: Louis Hansel; Anton Ivanchenko; Leti Kugler; Melina Yakas

Es wurde jede Anstrengung unternommen, die Bildnachweise korrekt zu erstellen und die Copyright-Inhaber aller Bilder zu ermitteln. Der Verlag entschuldigt sich für alle unvollständigen Angaben und wird gegebenenfalls Korrekturen in zukünftigen Ausgaben vornehmen.

Text: Annette Maas
Grafik & Illustration: Miro Poferl | HEYmiro.de
ISBN 978-3-8458-3447-4
www.arsedition.de

MIX
Papier aus verantwortungsvollen Quellen
FSC® C002795